韓國의 漢詩 07

玉峯 白光勳 詩選

韓國의 漢詩 07

옥봉 백광훈 시선

허경진 옮김

평민사

머리말

옥봉 백광훈의 시를 읽고 있으면, 마치 수채화를 보는 것처럼 담박한 분위기가 느껴진다. 물론 다른 시인들의 경우에도 그러한 시들이 많지만, 백광훈의 경우에는 특히 더욱 그러하다. 호곡 남용익이 고려와 조선조의 대표적인 시인들을 논하면서 백광훈의 시에 대하여 "선이 가늘면서도 밝다"라고 평하였는데, 그의 시 가운데 특히 5언절구가 가장 뛰어난 것을 보더라도 수채화 같은 그의 시세계를 짐작할 수가 있다.

조선 초기까지도 시인들은 송나라의 시인인 소동파와 황산곡의 시를 배웠는데, 이주(李胄)와 김정(金淨) 이후로는 특히 최경창·백광훈·이달의 삼당시인이 나와서 성당(盛唐)의 시를 열심히 배워 아름다운 시들을 지었다. 이백이나 두보의 시처럼 골격이 완전하지는 못하지만, 그 이전의 시에 견주어서 아름다워진 것은 사실이다. 최경창의 시가 굳세다면, 백광훈의 시는 맑다. 특히 스무 자의 쉬운 글자로 엮어진 그의 5언절구는 마치 물 속을 들여다보는 것처럼 투명하다.

투명한 시를 부정적으로 평한다면 시세계가 깊지 못한 것이 되겠지만, 자신의 정감 어린 삶을 목소리 높이지 않고 담담하게 보여 주는 것이 바로 그의 시가 지닌 특질이기도 하다. 그의 시는 손곡 이달의 시에서 보이는 것만큼이나 이별을 주제로 한 시들이 많다.

사대부들이 유유자적하게 자연을 읊은 음풍농월의 시나 성리학자들이 인간 본연의 성정을 노래한 시들과는 달리, 또 사회비판의 의식을 가진 시들과도 달리, 그의 시는 여린 서정이 주조를 이루고 있다.

왕희지에 가까울 정도로 글씨를 잘 쓰고 팔문장(八文章)으로 꼽힐 정도로 글을 잘 지었으며 여러 고관들과도 가깝게 지냈던 그였지만, 벼슬은 겨우 참봉에서 그쳤다. 자기의 고향인 전라도의 산수를 사랑하였던 그는 벼슬을 얻으려고 사람들을 찾아다니기보다는, 한 편의 시를 더 짓기 위하여 사람들과 만나고 또 헤어지는 생활을 즐겼던 것이다.

최경창 · 이달 · 임제 · 허봉 · 양응정 · 양대박 등, 그와 가깝게 지냈던 시인들도 모두 그렇게 살았다. 이러한 시인들의 삶은 그의 아들 백진남에게로 이어졌다. 그의 시선을 엮으면서, 너무 5언절구 쪽으로 치우치게 가려뽑은 느낌도 있다. 그의 시집을 좀 더 차근차근 읽어 보면서, 그의 또다른 세계가 잡혀지면 나중에 보완하겠다.

1991. 2. 15.
허경진
홍경사를 지나면서

차례

오언율시 _123

칠언율시 _137

오언고시 _143

칠언고시 _149

부록 _159

오언절구

玉峯
白光勳 詩選

홍경사를 지나면서
弘慶寺

옛 왕조의 절 뜨락에는 가을 풀만 깔리고,
남아 있는 빗돌에는 학사의[1] 글이 씌여 있네.
천 년의 세월이 저 물과 같이 흘러갔는데,
지는 햇살 속으로 돌아가는 구름이 보이는구나.

秋草前朝寺,　　殘碑學士文.
千年有流水,　　落日見歸雲.

■

* 홍경원(弘慶院) : 고을(직산현) 북쪽 15리에 있다. 고려 현종이, "이곳은 갈래길의 요충인 데다가 사람 사는 곳에서 멀리 떨어져 있고, 무성한 갈대숲이 들판에 가득해서 행인들이 자주 강도에게 약탈당한다." 고 하였다. 그래서 형긍 스님에게 명하여 절을 세우게 하고, 병부상서 강민첨 등이 일을 감독하게 하였다. 병진년부터 신유년까지 2백여 년간 집을 세우고, 봉선홍경사라고 이름을 내렸다. 또 절 서쪽에 객관 80간을 세우고, 광연통화원이라 이름지었다. 양식을 쌓고 마초를 저장하여 행인들에게 제공하였다. ―『신증동국여지승람』 제16권 직산현

1) 이에 비석을 세우고 한림학사 최충에게 명하여 비문을 짓도록 했었는데, 지금 절은 없어지고 원(院)과 비석만 남았으므로, 결국 절 이름을 따서 홍경원이라고 불렀다. ―같은 글에서

능소대 아래에서 피리소리를 들으며
陵霄臺下聞笛

노을 비낀 강 위에 피리소리 들리는데
가랑비 속에 강 건너는 사람이 있네.
여음이 아련히 퍼지는데
강가의 꽃나무는 모두가 봄일세.

夕陽江上笛,　　細雨渡江人.
餘響杳無處,　　江花樹樹春.

새 집에 돌샘을 얻고
新居得石井

낡은 돌 위에 이끼가 덮였는데
차가운 샘 한 구덩이가 깊어라
맑고 밝은 모습을 스스로 허락하여
십 년 내 마음을 비추어 주네.

古石苔成縫, 寒泉一臼深.
清明自如許, 照我十年心.

통판 양응우의 청계 병풍에 쓰다
題楊通判應遇淸溪障

문서더미가 귀밑머리 허옇게 재촉하는데
고향 산이 그림 속에 들어 있구나.
평평한 모래밭에 예전에 놀던 언덕이 있는데
밝은 달빛 속에 낚싯배만 외로워라.

簿領催年鬢,　　溪山入畵圖.
沙平舊岸是,　　月白釣船孤.

■

* 청계는 양응우의 아버지 양대박의 고향인 남원의 지명이자 그의 호이기도 하다.

사준 스님께
贈思峻上人

지리산에는 쌍계사가 아름답고,
금강산에선 만폭동이 기이하다지.
이름난 산이 있어도 이 몸은 가보지 못하고,
중을 떠나 보내는 시만 늘 짓고 앉았다네.

智異雙溪勝, 金剛萬瀑奇.
名山身未到, 每賦送僧詩.

벗에게
寄友

1

강물이 동으로 흘러가네.
동으로 흐르면서 쉴 때가 없네.
해서[1] 끝에 가 있는 그대를
밤낮으로 끊임없이 그리워하네.

江水東流去,　　東流無歇時.
綿綿憶君思,　　日夜海西涯.

■
1) 황해도인데, 동쪽으로 흘러가는 강물과 대조하여 썼다.

양천유에게
寄梁天維

어제 남산에서 술 마시다가
취해서 그대의 시에 화답 못 했지.
깨어 보니 꽃잎만 손 안에 있어
나비가 내 시름을 짝하여 주었다네.

昨日南山飮,　　君詩醉未酬.
覺來花在手,　　蛺蝶伴人愁.

■

* 이름은 산형(山逈)이다.(원주) 천유는 그의 자이다.

윤이율에게
贈尹而栗

취해서 말했기에 날짜는 기억 못 하지만
옛 모습 그대로 남산은 푸르다네.
달 밝은 밤에 우리 다시 만나,
피리 불면서 솔밭 강가로 내려가 보세나.

醉語不記日, 　　南山舊樣青.
重期月明夜, 　　吹笛下松汀.

■

* 이름은 관중(寬中)이다.(원주) 이속은 그의 자이다.

** 이 시는 해남군 삼산면 송정리의 송호정에 걸려 있는데, 「송호정운(松湖亭韻)」이라는 제목으로 되어 있다. 이 정자는 옥봉의 아들 송호 백진남이 세웠다.

보림사를 지나면서
過寶林寺

떨어진 나뭇잎이 모랫길에 버석거리고,
차가운 시냇물은 어지러운 산을 달리며 흐르네.
혼자 가는 길이라 날 저물까 걱정되는데,
절간의 풍경소리가 흰구름 사이로 들려 오네.

落葉鳴沙逕, 寒流走亂山.
獨行愁日暮, 僧磬白雲間.

■

* 보림사는 (옥봉의 고향인 장흥) 가지산에 있다. 신라시대에 사마 금영이 지은 보조선사(普照禪師)의 탑비명이 있다. —『신증동국여지승람』 37권 「장흥도호부」조.

부춘 별장에서
富春別墅

저녁 노을이 호숫가 정자에 비끼니,
봄빛이 호숫가 풀잎에 있네.
밝은 달빛이 산 앞의 다락을 비추니,
꽃그늘이 보기 더욱 좋아라.

夕陽湖上亭, 春光在湖草.
明月山前榭, 花陰看更好.

■

* 부춘정은 장흥군 부산면 부춘리 강가에 서있는 정자이다. 임진왜란 때의 공신인 문희개(文希凱, 1550~1610)가 세운 뒤에 백광훈과 더불어 시를 지으며 놀던 곳이다. 큰 바위에 백광훈이 '용호(龍湖)' 라는 두 글자를 초서로 써서 새겼으므로, 지금도 이 바위를 '용호바위' 라고 부른다.

김계수의 그림에다가
題金季綏畫八幅

3

밤이 깊어지자 낚싯배가 돌아오고
달빛이 밝아지자 외로운 섬이 드러나네.
포구 서쪽 마을에 집이 있는데,
평지의 숲이 머리털처럼 덥수룩해라.

夜久釣艇來, 月明孤島出.
家在浦西村, 平林沓如髮.

4

풀이 깊은 곳에다 소를 풀어 놓고
피리가 있어도 불 줄을 모르네.
앞산에서 갑자기 비를 만나
거꾸로 소를 타고 돌아오네.

放牛草深處, 有笛不知吹.
忽値前山雨, 歸來却倒騎.

5

옛 나루에다 배를 대니
소낙비가 앞마을을 지나가네.
사람은 술을 사러 강언덕으로 가고
수양버들이 반쯤 문을 가렸네.

泊舟臨古渡,　　片雨過前村.
沽酒人歸岸,　　垂楊半掩門.

7

늙은 나무는 잎이 다 떨어지고
산 앞 가을 물에는 아무도 없네.
외로운 배는 밤이라서 노도 젓지 않고
밝은 달빛 속에 피리만 부네.

古木葉已盡,　　山前秋水空.
孤舟夜不棹,　　吹笛月明中.

■

* 계수는 선조시대의 화가인 김시(金禔)의 자인데, 호는 양송당(養松堂) 또는 취면(醉眠)이다. 김안로의 아들이지만 벼슬에 뜻이 없어서, 오로지 서화에만 전념하였다. 인물 · 산수 · 우마(牛馬) · 초충(草虫) · 영모(翎毛) 등을 정묘하게 그렸다. 당시 최립의 문장 · 한석봉의 글씨와 더불어 삼절(三絶)이라고 불렀다.

이백생의 계산 별장에서
李伯生鷄山別業

벗님이 그윽한 곳에 살아
오솔길로 가을 구름이 피어오르네.
긴 밤을 차가운 등불이 밝히는데
수풀가에선 빗소리가 성겨라.

故人有幽居, 一逕秋雲上.
永夜明寒燈, 林端踈雨響.

■

* 이름은 순인(純仁)이다.(원주) 이순인(1533~1592)의 호는 고담(孤潭)인데, 도승지를 역임하였다. 최경창 · 백광훈 · 이산해와 함께 당시에 8문장으로 불렸는데, 성미가 괴팍하였지만 관리로서는 청렴하였다.

소옥의 죽음을 곡하다
哭蘇澳

지난해 서쪽으로 돌아가는 길에
그대 집은 갈원 곁에 있었지.
어이 알았으랴. 오늘 이 눈물로
적막한 새 무덤에 뿌리게 될 줄이야.

去歲西歸路,　　君家葛院邊.
那知今日淚,　　寂寞灑新阡.

예양강 길가에서 술에 취해
汭上路醉後

강가 바윗돌에 취해 잠든 사이
먼 봉우리 그늘로 해가 지네.
외로운 새가 앞 여울로 지나가자
어둑어둑한 숲속에 안개비가 내리네.

醉眠江上石,　　日落遠峯陰.
獨鳥前灘過,　　沉沉烟雨林.

■

* 예양강은 장흥도호부 동쪽 성문 밖에 있다. (줄임) 수령천(遂寧川)을 예양강이라고도 하는데, 가지산에서 나와 부(府)의 북쪽 2리를 지나며 돌아서 동쪽으로 흐르고, 또 서남쪽으로 흘러 성암(省巖)에 이르러 강진현의 구십포와 합하여 바다로 흘러 들어간다. ─『신증동국여지승람』 제37권 「장흥도호부」 산천조

매화 그림에 쓰다
題畵梅

추위 속에 꽃잎이 드문드문 피었건만
떠도는 벌은 신통하게도 봄을 아네.
언제쯤이나 꼿꼿한 절개를 더해
눈과 달과 정신을 같이 하려나.

冷蘂開猶少, 遊蜂聖識春.
何當添勁節, 雪月共精神.

쌍계원
雙溪園

뜨락의 나무도 잘 있었구나.
꽃이 피었다길래[1] 또 한번 왔네.
산늙은이여, 술이 익었을 테니
달빛 속에 술잔 나누며 함께 취하세나.

好在庭前樹,　　花開又一來.
山翁酒應熟,　　共醉月中杯.

■
1) 쌍계사가 하동군 화개면에 있다. 이 구절을 "화개에 또 한번 왔네."라고 번역할 수도 있다.

술에 취해 김중호의 옷에다 쓰다
醉題金仲皓衣

내가 몇 달 늦게 태어났으니
자넬 보면 형이라고 부르겠네.
천금도 아끼지 말고 취하세나.
한번 웃어 보세, 그게 우리 평생이라네.

以我月日後,　　視君呼作兄.
千金不惜醉,　　一笑是平生.

병을 앓고 나서
病後

가을 산 속에 병으로 누웠노라니
떨어지는 나뭇잎이 오솔길을 덮었네.
서암의 스님을 갑자기 그리워하다 보니
날 저문 뒤 경쇠소리가 멀리서 들려오네.

秋山人臥病, 落葉覆行逕.
忽憶西庵僧, 遙聞日暮磬.

문순거에게
寄文舜擧

종이도 없고 붓도 없건만
산대나무 가지로 내 마음을 쓴다네.
그대가 오기를 바라지는 못하지만
오늘은 다른 날보다 더 보고 싶네.

無紙亦無筆, 寫懷山竹枝.
君來不敢望, 此日勝常時.

■

1) 이름은 희개(希凱)이다.(원주)
문희개(文希凱 1550~1610)는 조선 선조~광해군 때의 문신. 본관은 능성(綾城). 옥봉(玉峯) 백광훈(白光勳)과 친분이 두터웠고, 임진왜란(壬辰倭亂) 때 의병을 일으켜 많은 전공을 세웠다. 고창현감(高敞縣監) 등을 지냈고, 사직 후 부춘정(富春亭)에서 만년을 보냈다.

시냇가 서재에 비가 내린 뒤
溪堂雨後

어젯밤 산 속에 비가 내려
앞 시냇물이 참으로 불었네.
대숲 초당에서 그윽한 꿈을 깨보니
봄빛이 사립문에 가득하구나.

昨夜山中雨,　　前溪水政肥.
竹堂幽夢罷,　　春色滿柴扉.

태상 스님께
贈太尙上人

조그만 집이 솔숲에 가려져 있네.
나그네가 오는 동안 산 속의 밤이 깊어졌네.
무심하게 구름과 함께 자고
시를 지으면 학과 같이 읊네.

小屋隱松林, 客來山夜深.
無心雲共宿, 有句鶴同吟.

보림사
寶林寺

산 속을 가다가 길을 아지 못해
온 숲이 그만 어둑어둑해졌네.
어슴푸레 종소리만 들리니
구름 깊은 속에 어디쯤 절이 있나.

山行不知路,　　瞑色千林裏.
彷彿踈鍾聲,　　雲深何處寺.

■
* 보림사는 전라도 장흥 가지산에 있다.

백련사 성원 스님 방에다
白蓮寺題性元上人房

산 속의 스님이 손님 왔다고 깜짝 놀라
누각에 가득한 구름을 바쁘게 쓸어내었네.
밤들면서 맑은 바람에 잠도 오지 않아
손으로 향불만 자꾸 살랐네.

山僧驚客至, 忙掃滿樓雲.
入夜淸無寢, 名香手自焚.

■

* 백련사는 전라도 강진현 만덕산에 있는 절이다. 신라 때에 세웠다가 고려 때에 원묘(圓妙)가 중수하였고, 세종 때에 행호(行乎)가 다시 중수하였다. 남쪽으로는 큰 바다와 이어졌는데 골짜기에 소나무 · 잣나무 · 대나무 · 동백이 어우러져 사철 푸르니 절경이었다. 시를 잘 짓는 스님들이 많았다.

조경원을 찾아가다
過趙景元

손님이 좋아하라고 술잔 가득 채웠으니
봄이 와서 나무마다 꽃 피었기 때문이라오.
아이 불러 뜨락을 쓸라 하는데
산 그림자가 저녁 되며 더욱 짙어지네.

喜客尊常滿,　　　春來樹樹花.
呼童掃庭宇,　　　山影夕陽多.

가을밤 서재에서
秋齋夜吟

혼자 일어나 보니 작은 서재가 텅 비어 있네.
서리 기운 속에서 달빛만 밝아라.
숨어 사는 새가 아직 깃들지 못했으니,
가을 나무에 바람이 많아서라네.

獨起小齋空. 月明霜氣中.
幽禽棲不定, 秋樹政多風.

죽음을 슬퍼하다
挽 代人作

1

옛 규방에는 고운 먼지만 가득하고
새 무덤 찾아가는 길 얼어붙어 멀기만 하네.
백년을 함께 하자던 약속은 말만 남아서
줄줄이 흐르는 눈물에만 붙어 있구나.

舊閤芳塵滿, 新阡凍路長.
百年成說在, 付與淚千行.

■
* 남을 대신해서 짓다.(원주)

남쪽으로 돌아가는 벗에게
贈友南還

장안에서 그대를 보내노라니
돌아가는 그대에게 할말이 없네.
한강 남쪽을 향해 바라보니
푸른 산에 또 저녁해가 지네.

長安相送處, 無語贈君歸.
却向江南望, 青山又落暉.

장성 가는 길에서
長城道中

길에서 단오날을 맞고 보니
다른 고장이지만 계절은 같아라.
멀리 있는 작은딸아이가 그립구나.
하루 종일 뒤뜰에서 놀 테지.

路上逢重五, 殊方節物同.
遙憐小兒女, 竟日後園中.

박무경에게
贈朴無競

봄바람 부는 낙양[1] 길가에
어느 곳인들 꽃과 버들이 없으랴.
흰구름이 하늘 끝에 있어
나그네가 오래 머리를 돌리네.

春風洛陽陌, 何處非花柳.
白雲在天涯, 遊子長回首.

■

1) 낙양은 장안과 마찬가지로 중국 왕조의 서울 이름이었지만, 작품 속에서는 조선의 서울도 관습적으로 그렇게 불렀다.

벗에게
贈友

가을날 그대가 서해 바닷가에서
나를 찾아 남산으로 저녁에 왔네.
함께 취하자 아무런 말도 없어
빈 뜨락에는 나뭇잎 지는 소리만 들리네.

君從西海秋,　　訪我南山夕.
一醉無所言,　　空庭聞葉落.

정청원의 곡구당
鄭淸源谷口堂

2

어렴풋한 시냇물 소리가 거문고처럼 울리고
맑은 산은 수묵화처럼 떠 있네.
봄 생각하느라 말 타는 것도 아까운데
안개 낀 숲이 다락을 감춰 놓았구나.

暗澗嬌絃韻, 晴山水墨浮.
春心惜騎馬, 煙樹隱城樓.

■

* (정청원의) 이름은 언식(彥湜)이다. (원주)
정언식(鄭彥湜 1538~?)의 본관은 해남(海南), 자는 청원(淸源), 호는 곡구(谷口)이다. 벼슬은 공조좌랑(工曹佐郎)에 이르렀다.

꿈 속에서 학사 이여수에게
夢贈李學士汝受

강남에서 함께 자던 그날 밤
다정하게 달빛이 밝았었지.
삼 년 동안 천 리 밖에서
서울을 꿈꾸지 않은 적이 없었다네.

伴宿江南月,　　多情舊夜明.
三年千里夢,　　無日不皇京.

■

* (이여수의) 이름은 산해(山海)이다. (원주)
이산해(李山海 1539~1609)의 본관은 한산(韓山). 자는 여수(汝受), 호는 아계(鵝溪). 내자시정(內資寺正) 이지번(李之蕃)의 아들로, 영의정을 역임하였다.

천유에게
謝天維

1

창가에 매화 꽃잎이 떨어지려는데
봄날이 되면서 그대의 병은 어떠신가.
한가롭게 낮잠 자다가 일어나서는
외롭게 시 읊다 보면 벌써 햇살이 비낀다네.

一窓梅欲謝, 君病奈春何.
寂寂閑眠起, 孤吟日已斜.

2

술 걸러 놓고 그대 오길 기다리며
거문고 비껴안고 얼마 안 남은 봄날을 아쉬워하네.
시냇물이 그대 있는 곳으로 흘러가는데
길에는 솔 그림자만 가득하구나.

漉酒待君來, 橫琴惜餘景.
溪流流向君, 一路春松影.

■
* 천유는 양산형의 자이다.

숙직하는 계함에게
寄季涵直省

꺼져 가는 등불이 낡은 집을 비추는데
빈 뜨락에는 병든 나뭇잎이 떨어지네.
비바람 치는 이 밤 서궁에[1] 있는
그대의 마음속을 멀리서도 알겠네.

古屋照殘燈,　　空庭病葉下.
遙知故人懷,　　風雨西宮夜.

■

* (계함의 이름은) 정철(鄭澈)이다. (원주)
1) 지금의 덕수궁을 서궁이라고 불렀다.

두륜산 북쪽 암자의 상산인에게
頭輪北庵寄尙山人

낡은 절에는 스님이 아무도 없는데
가을 산 속에 고즈넉하게 앉아 있네.
비낀 햇살에 종소리가 들리니
시냇가 길에서 멀지는 않을 테지.

古寺僧無箇,　　秋山坐寂寥.
斜陽聽鍾磬,　　溪路未應遙.

■
* 두륜산은 전라도 해남현 남쪽 30리에 있는데, 이 산에 오르면 제주도 한라산이 바라보인다.

위이율에게
贈魏而栗

매화가 피는 것도 돌아보지 않다가
그대가 찾아오자 병이 문 밖으로 나갔네.
봄 산에는 벌써 날이 저물어
술잔이 다하자 다시금 말을 잊었네.

不省梅花發, 君來病出門.
春山日已晩, 杯盡却忘言.

강가에서
江上

낚시터 아래에 강이 깊고
저녁 돛단배 앞에는 하늘이 넓어라.
은은한 종소리 어디에서 들려오는지
정사에 연기 오르는 것을 멀리서도 알겠네.

江深釣臺下,　　天濶暮帆前.
隱隱鍾何自,　　遙知精舍烟.

중호의 집을 찾아왔다가
過仲皓家有感

국화를 심었던 사람은 어디에 있나.
꽃을 보려고 나그네가 또 찾아왔네.
푸른 산 속에 그리움 끝이 없어
서녘 햇살 속에 자꾸만 배회하였네.

種菊人何在,　　看花客又來.
青山無限意,　　西日重徘徊.

벗에게
贈友

그 옛날 푸른 산 속 객사에서 헤어진 게
몇 년이나 되었는지 아지 못하겠네.
나그네길 살구꽃 핀 마을에서[1]
오늘 같은 밤이 있을 줄이야 그 누가 알았으랴.

昔別不知年,　　青山錦館下.
客路杏花村,　　誰知有今夜.

■
1) 행화촌은 한시에서 흔히 술집으로 비유되는 말이다. 두목(杜牧)의 「청명시(淸明詩)」에 "술집이 어디쯤 있나 물었더니/ 살구꽃 핀 마을을 목동이 가리키네."라는 구절이 있다.

헤어지면서 지어 주다
贈別

옛사람은 만나볼 수 없어
그대와 더불어 진심으로 친했네.
또 하늘 끝에서 헤어지려니
청산은 부질없이 다시 봄일세.

古人不可見, 與子宿心親.
又作天涯別, 靑山空復春.

경원의 집에서 거문고 악사를 불러
景元家招琴師

술에 취해 길도 모르고 가다가
말에서 내리고 보니 이게 누구의 집이던가.
물었더니 바로 그대의 집이 가깝더군.
거문고를 가지고 이 달밤에 즐기면 어떻겠나.

醉行不知路, 下馬是誰家.
問却君居近, 携琴夜月何.

김종덕이 찾아왔길래
金君宗德來訪

빗속에 산 나그네가 찾아왔길래
가을 배추를 뜯어다 들밥을 내놓았네.
가난한 살림살이가 부끄럽지 않아
붙들고 놀다 보니 해질녘이 되었네.

雨中山客至, 野飯折秋菘.
不愧貧居事, 相留到日終.

해림사에서 석천 선생의 시에 차운하여
海臨寺次石川先生

묻혀 사는 사람은 밤에도 잠이 안 오는데,
달이 떠오르자 새들이 둥지에서 푸득거리네.
가을 산 속에 나뭇잎이 너무 많이 떨어져,
왔던 길을 잃을까봐 다시금 걱정스러워라.

幽人夜不寐, 月出鳥驚棲.
多少秋山葉, 還愁舊路迷.

■

* (석천의 이름은) 임억령(林億齡)이다. (원주)
석천은 문장가 임억령(林億齡, 1496~1568)의 호이고, 자는 대수(大樹)이다. 금산군수로 있을 때에 을사사화를 일으켰던 아우 임백령이 원종공신의 녹권을 보내 왔지만, 제문을 지어 사유를 고하고 녹권을 불살랐다. 병을 핑계로 군수를 사임하고, 해남에 머물렀다.

김사중의 강가 정자에 쓰다
題金士重江榭

어부가 조각배를 타고서
날 저문 뒤 강 한가운데로 가네.
외로운 새가 울다 가버리자
푸른 산만 겹겹이 둘러쌌네.

漁人乘小艇, 　　日夕向江中.
獨鳥鳴猶去, 　　靑山重復重.

■

* 이름은 천일(天鎰)이다.(원주) 김천일(1537~1593)의 호는 건재(健齋)이고 자는 사중인데, 진주성 싸움에서 공을 세워 영의정에 추증(追贈)되었다. 그를 만나러 왔다가 보지 못하고, 강가 정자에 지어준 시이다.

임몽신을 그리워하며
憶林夢臣

숲속에 비가 내려도 소리 하나 들리지 않는데
가을이라 집에선 밤중에 추위가 느껴지네.
시냇가 산 속에서 십 년 동안 무슨 일을 했던가.
취한 꿈결에 외로운 등불만 가물거리네.

林雨不成響,　　秋堂生夜寒.
溪山十年事,　　醉夢一燈殘.

어부에게
贈漁父

포구 주막집에 연기가 피어오르네.
고기잡이를 마치니 낚싯줄에 바람 가득해라.
하늘 밖에는 저녁 노을도 다 스러져,
산그림자 속으로 돛단배가 돌아오네.

烟生浦口店, 罷釣滿緡風.
天外夕陽盡, 歸帆山影中.

양응우와 헤어지며
別楊應遇

밝은 달이 남해에 떠올라
맑은 가을 만리를 비치네.
헤어지는 마음을 부칠 데 없어
이 마음 가지고 그대를 보내네.

明月生南海,　　清秋萬里輝.
離心無所贈,　　持此送君歸.

윤성보와 헤어지며
別尹成甫

천리길 그대와 어이 헤어질 거나.
한밤에 길 떠나는 그대를 일어나 배웅하네.
외로운 배는 벌써 멀리 가버렸는데
달마저 지자 차가운 강물소리만 들리네.

千里奈君別,　　起看中夜行.
孤舟去已遠,　　月落寒江鳴.

■
* 이름은 유기(唯幾)이다.(원주)
해남 윤씨로, 고산 윤선도의 양아버지이다.

서쪽 숲
西林

산길이 멀수록 더욱 좋아져
산바람이 걸음 따라 일어나네.
절간이 있는 곳을 또한 알겠으니
구름 너머에서 종소리가 들리네.

山路遠逾好,　　山風趁步生.
亦知精舍處,　　一磬隔雲聲.

고향으로 돌아가는 류제경에게
送柳霽卿還鄕

2

지금 이렇게 머리가 희어졌으니
남은 생애라야 그 얼마나 되겠나.
청산에 지초와 창출이[1] 넉넉할 테니
내게 한 골짜기 구름을 빌려 주게나.

白髮今如此, 餘生問幾分.
靑山足芝朮, 借我一溪雲.

■
1) 모두 약재이다.

윤희굉의 정사에서
題尹希宏精舍

나무들이 어지럽게 가을 바위에 잇달았고,
그윽한 샘물이 밤 연못으로 떨어지네.
우리 집에도 또한 이러한 곳이 있건만,
그 어느 날에야 고향으로 돌아갈거나.

亂樹連秋石,　　幽泉適夜池.
吾家亦有此,　　何日是歸時.

■
* 윤희굉의 본관은 파평. 문과에 장원급제한 윤계선의 아버지이다.

백련사 인사상인께
贈白蓮社印思上人

해가 뜨자 푸른 처마에 그림자 지고
넓은 하늘에는 오색 노을이 물들었네.
높은 스님께서 뜨락을 쓸고 나서는
한가롭게 앉아서 연화경을 읽으시네.

日出碧簷影, 　　漫空五色霞.
高僧掃庭宇, 　　閑坐讀蓮華.

■

* 「연화경」은 불교의 경전인 『묘법연화경(妙法蓮華經)』을 줄여 부르는 이름인데, 흔히 「법화경」이라고 부른다.

취한 뒤에
醉後

어제 동쪽 누각에서 술 마시다가
그대가 가는 것도 몰랐었네.
일어나 보니 베갯머리에 부채가 남아 있어
새벽 창가에 그대 생각을 부치네.

昨日東樓飮,　　不知君去時.
起看留枕扇,　　聊寄曉窓思.

이암의 시에 삼가 차운하다
敬次宋頤庵

사람을 만날 때마다 다른 이야기는 않고
언제나 산으로 돌아갈 생각 뿐이라고 하셨네.
또 한 해 봄을 보내고 나니
구름 낀 담쟁이덩굴이 꿈속에 보태지네.

逢人無雜言, 長是歸山意.
又送一年春, 雲蘿添夢記.

■
* (이암의) 이름은 송인(宋寅)이다.

칠언절구

玉峯
白光勳 詩選

진시황
始皇

방사는 불로초를 구하러 가서 아니오고[1]
여산릉의 수은 바다는 인간세상을 본떴네.[2]
지금 누가 조문하는가, 무덤 속의 백골을
백이관 요새는 옛 그대로 남아 있건만.[3]

方士求仙去不還. 驪山銀海象人間.
只今誰弔坑中骨, 形勝依然百二關.

■

1) 진시황이 방사 서불에게 불로초를 캐어 오라고 동남동녀 삼천 명을 딸려 보냈지만, 서불은 동쪽으로 갔다가 돌아오지 않았다. 서불이 제주도에까지 왔다는 설화도 있으며, 그래서 한라산 · 지리산 · 금강산을 영주. 방장. 봉래의 3신산이라고도 한다.
2) 진시황이 여산에다 자기 무덤을 미리 만들면서, 인간 세상의 형상을 본떠서 천하를 배치하였다. 오악(五嶽)의 사이를 흐르는 황하와 양자강은 수은으로 만들었다고 한다.
3) 백이관(百二關)은 난공불락(難攻不落)의 요새지를 말한다. 옛날 진(秦)나라 땅이 험하고도 견고하여 2만 인으로 제후의 백만 군대를 막을 수 있다[秦得百二焉]는 말에서 비롯된 것이다. 『사기(史記)』 권8 「고조본기(高祖本紀)」

당명황
明皇

서촉 땅 피난세월에 귀밑털은 희어졌고
홍경궁에 돌아왔건만 이 내 신세 외로워라.
가련케도 남내로 옮겨져 겪는 괴로움이여[1]
당시 안록산이 있어서라고 말하지 말라.

西蜀風霜兩鬢絲, 歸來興慶更覊危.
可憐南內遷移苦, 莫道當時有祿兒.

■

1) 남내(南內)는 당나라 현종이 만년에 거처했던 홍경궁(興慶宮)을 가리킨다. 안녹산의 난리 때에 현종이 촉(蜀)으로 파천했다가 난이 평정된 뒤에 다시 경사(京師)로 돌아왔지만, 상황(上皇)이 되어 홍경궁에서 쓸쓸히 만년을 보냈다.

고종
高宗

황룡부에서 실컷 마시자고 했건만 계책은 어긋나[1]
조정 신하들이 다투어 의논해놓고 오랑캐 군막에 절하였네.[2]
강 남쪽을 몸소 독차지해 몸과 땅은 온전했지만
강 북쪽에서 반비서는 헛되게 전해졌네.[3]

痛飮黃龍計亦疎. 廷臣爭議拜穹廬.
江南自由全身地, 河北空傳半臂書.

■

* 고종은 남송(南宋)의 제1대 황제이다. 1140년에 금나라가 남침하여 수도 개봉(開封)이 함락되고 휘종과 흠종이 포로로 잡혀가자, 휘종의 아홉째 아들 조구(趙構)가 즉위하여 고종이 되었다.

1) 송나라 충신 악비(岳飛)가 "이번에 곧장 (금나라의 본거지) 황룡부에 쳐들어가서 그대들과 함께 실컷 취하도록 마시고 싶다."고 말하였다. 『송사(宋史)』 권365 「악비열전(岳飛列傳)」

2) 원문의 궁려(穹廬)는 천막을 둥글게 둘러쳐 사람이 거처할 수 있게 만든 집으로, 이동이 잦은 북방의 유목 민족들이 생활하였다. 이 시에서는 송나라 신하들이 싸우자 해놓고는 흉노(금나라)에 항복한 것을 가리킨다.

3) 반비(半臂)는 소매가 없는 윗옷이다, 반비서(半臂書)는 포로가 되어 아들 고종에게 구원을 요청한 휘종(徽宗)의 밀서를 가리킨다.

호호정
浩浩亭

천년전 왕자교가 난새 타고 불던 퉁소를
한 번 불어보니 하늘에 달빛이 쏟아지네.
강가에는 대만 남고 사람은 보이지 않아
밤 깊어 돌아오는 길에 바다는 멀고 아득하여라.

千年王子紫鸞簫. 一弄寒城月滿霄.
江上有臺人不見, 夜深歸路海迢迢.

최고죽을 그리워하며
憶崔孤竹

그리워하는 마음이 빈 서재를 덮었건만,
그대는 지금 천 리 밖 푸른 바다 서쪽에 있네.
외로운 꿈조차 오지 않고 가을 밤이 다해 가는데,
우물가 오동잎은 소리도 없고 달빛만 처량해라.

想思脉脉掩空齋.　　千里人今碧海西.
孤夢不來秋夜盡,　　井梧無響月凄凄.

기생 호남월에게 지어 주다
贈妓湖南月

한 곡조 맑은 노래가 서울에 알려져
왕손의 누각에서 비단 적삼을 입었지.
꽃다운 시절은 흐르는 물 따라 흩어져버리고
가을바람 향해 춤추며 눈물만 가득하네.

一曲淸歌洛下聞. 王孫臺閣舊羅裙.
繁華散盡隨流水, 舞向秋風淚滿雲.

두륜사 신견 스님의 시축에 쓰다
頭輪寺題信堅軸

시냇가 솔숲에 붉은 등넝쿨이 얽히고,
빗줄기 어두운 가을 산에는 벽에 등불이 걸렸네.
글과 칼을 이루지 못했지만 이루었단들 어디에 쓰랴,
십 년 오가는 동안 스님께 부끄럽기만 해라.

一溪松櫟間朱藤. 雨暗秋山半壁燈.
書劍無成成底用, 十年來往愧居僧.

■
* 두륜사는 전라도 해남 대둔산에 있는 절로, 대흥사의 말사이다.

나무꾼의 노래
樵歌

안개 낀 숲에 도끼질하여 푸른 나무를 가득 짊어졌네.
바람이 산 속 나뭇잎에 불어오니 노랫소리가 따르네.
돌아오면서 앞마을이 멀다고 말하지 마세나.
가는 길 내내 가벼운 바람이 그치지 않고 맑게 불 테니.

斫得烟林滿擔青.　　便吹山葉逐歌聲.
歸來不道前村遠,　　一路輕風陣陣淸.

외진 곳에 살다 보니
幽居

1

외진 곳에 살다 보니 찾아오는 사람도 드물어
일없는 사립문은 낮에도 열지 않네.
꽃 가득 핀 작은 뜨락에 봄만이 고요한데
산새소리 한마디가 푸른 이끼에 내려오네.

幽居地僻少人來. 　　無事柴門晝不開.
花滿小庭春寂寂, 　　一聲山鳥下青苔.

2

하루 종일 사립문에 찾아오는 사람이 없고
때때로 그윽한 새들만 온갖 소리로 울어대네.
매화꽃이 다 떨어지자 살구꽃이 피어
주렴 밖으로 가랑비 내리자 봄이 더욱 깊어지네.

竟日柴門人不尋. 　　時聞幽鳥百般吟.
梅花落盡杏花發, 　　微雨一簾春意深.

청영정의 겨울
淸暎亭四時詞

4

온 하늘에 눈이 개었는데 밤은 길고도 길어
학 탄 손님이 돌아가는지 퉁소 소리가 들리네.
꿈속인양 시를 읊으며 추위가 심한 줄도 모르고
매화 소식을 찾아 남쪽 다리에 이르렀네.

一天晴雪夜迢迢. 駕鶴人歸碧玉簫.
吟夢不知寒意重, 也尋梅信到南橋.

■
* 문희개(1550~1610)가 1598년에 탐진강 지류인 용계의 언덕에다 정자를 세우고 부춘정(富春亭)이라고 하였다가, 뒤에 자신의 호를 따서 청영정이라고 고쳤다. 지금 장흥군 부산면 부춘리 춘정 마을에 있다.

쌍계의 늙은이를 찾아서
訪雙溪翁

동구 밖 시냇물이 깊어 저녁 배를 타고 건넜네.
대나무 길 사립문을 바라보니 예전 그대로일세.
만나 보니 귀밑털이 희어졌건만 이상하게 생각할 건 없네.
이 산에 찾아오지 않은 게 벌써 십 년이나 되었으니.

村口溪深渡晩船, 柴門竹逕望依然.
相逢未恠鬢如雪, 不到此山今十年.

행사 스님께
贈行思上人

외로운 마을에서 병든 데다 누런 매화까지 피어,
하루하루 달라지는 풍광을 시름겹게 바라보았네.
꽃길 속에 문 닫아걸고 찾아오는 손님도 없었는데,
저녁노을 속에 개가 짖더니 스님이 찾아오셨네.

孤村一病又黃梅.　　　愁見風光日日催.
芳草閉門無客到,　　　夕陽聞犬有僧來.

■
* 보고픈 사람이 해남 시골에 있어
하늘 끝에서 오랫동안 소식도 못 들었네.
오늘 꽃길을 혼자 찾아왔으니
저녁노을 속 사립문 닫긴 곳이 어디쯤 있나.
—행사상인(行思上人)이 지은 「옥봉이 문혀 사는 곳을 찾아서[訪玉峯幽居]」

예양에서 취하다
自汭陽醉行

성 남쪽길을 홀로 가노라니 말도 느린데
맑은 강으로 길이 접어드는 걸 취한 꿈결에도 알았네.
비 개인 저녁햇살에 산빛이 더욱 푸른데
숲 너머 목동들 돌아오며 노래 부르네.

城南獨去馬遲遲. 路入淸江醉夢知.
晴到夕陽山更綠, 隔林簑唱牧歸兒.

■

* 예양강은 장흥도호부 동쪽 성문 밖에 있다. (줄임) 수령천(遂寧川)을 예양강이라고도 하는데, 가지산에서 나와 부(府)의 북쪽 2리를 지나며 돌아서 동쪽으로 흐르고, 또 서남쪽으로 흘러 성암(省巖)에 이르러 강진현의 구십포와 합하여 바다로 흘러 들어간다. —『신증동국여지승람』 제37권 「장흥도호부」 산천조

탕춘대
蕩春臺

그 옛날 임금님께서 자주 행차하실 적엔
울긋불긋 산이 빛나고 피리와 노랫소리 가득했었지.
이제는 쓸쓸하게 거친 시골길이 되어서
한식날 놀러 나온 사람들도 꽃을 보지 못하네.

昔日君王巡幸多, 照山丹碧貯笙歌.
如今寂寞荒村路, 寒食遊人不見花.

■

* 탕춘대는 지금의 홍지동에 있었는데 경치가 좋아서 봄 · 가을로 한양 백성들이 나와서 놀았다. 숙종 5년(1819)에 홍지동에다 탕춘대성을 쌓았다. 그 성문이 홍지문인데, 1977년 홍지동 산 4번지에 복원하였다. 탕춘대성은 도성 서쪽에 있기 때문에 서성(西城)이라고도 불렀는데, 도성과 북한산성을 연결하는 성이다. 선혜청 창고, 상평창, 하평창 등의 군사시설이 성 안에 있었다. 여기에서 평창동 · 신영동 등의 동네 이름들이 생겼다.

금강나루 배 위에서 민서초와 헤어지며
錦津舟上別閔恕初

강가에서 만나자마자 또 그대를 보내야 한다니,
조각배에 술을 싣자 해는 벌써 기울었네.
날이 밝으면 서로 그리워하며 꿈처럼 아득해지겠지.
하늘 끝으로 머리를 돌리면 흰구름만 있겠지.

江上逢君又送君. 扁舟載酒日斜曛.
明朝相憶杳如夢, 回首天涯只白雲.

시냇가 마을에 비가 내려
溪村雨中

시냇가에 복사꽃 두세 가지가
빗속 초가집 너머 울타리에 있네.
황소는 밭갈기를 마쳐 푸른 풀밭에 누웠고
농부들은 말을 나누며 어깨 나란히 돌아오네.

溪上桃花三兩枝. 雨中籬落隔茅茨.
黃牛耕罷在青草, 田父歸時相語隨.

월계 사또의 시에 차운하여 양중명에게 지어 주다
次月溪明府贈梁仲明

흐릿한 봄하늘에 비가 보얗게 내리는데
살구꽃 피는 시절에 멀리 님을 보내네.
어느곳 푸른 산에서 외롭게 되돌아 볼까.
흩어진 구름 향그런 풀에 한이 더욱 새로워라.

輕陰漠漠雨如塵. 紅杏花時送遠人.
何處靑山獨回首, 亂雲芳草恨俱新.

■

* (양중명의) 이름은 자징(子澂)이다. (원주)
양자징(梁子澂, 1523~1594)의 자는 중명(仲明), 호는 고암(鼓巖)으로, 소쇄처사(瀟灑處士) 양산보(梁山甫)의 아들이고, 하서(河西) 김인후(金麟厚)의 사위이다. 문인으로 유학에 깊은 성취를 보였으며, 도의로써 송강(松江) 정철(鄭澈) · 중봉(重峯) 조헌(趙憲) · 우계(牛溪) 성혼(成渾) 등과 교유하였다.

의중의 강가 정자에서
宜中江舍有懷

강가 정자 맑은 밤에 달빛도 밝아
푸른 하늘은 물 같고 물가에 안개 끼었네.
고운 님 그리워도 만나지 못해
산 너머 두견 소리만 이따금 들리네.

江閣淸宵弄明月, 碧天如水渚烟輕.
佳人相憶不相見, 山外杜鵑三兩聲.

■

* (의중은) 이의건(李義健)이다. (원주)
이의건(1533-1621)의 본관은 전주(全州). 자는 의중(宜中), 호는 동은(峒隱)으로 세종의 다섯째 아들인 광평대군(廣平大君) 이여(李璵)의 5대손이다. 공조정랑으로 벼슬에서 물러났으며, 글씨를 잘 썼다.

지는 매화를 읊다
詠落梅

동산 숲에 가득한 눈이 매화를 외롭게 저버려
한 가지만 그대로 남아 달 밝은 때에 바라보네.
밤들면 바람결에 떨어질까 걱정되니
다락머리 사람이여, 제발 옥피리 불지 마소.

孤負東園滿樹雪, 一枝留賞月明時.
夜來只恐風飄盡, 玉笛樓頭且莫吹.

서하당에 쓰다
題棲霞堂

흰구름 피어나는 맑은 시내 따라서
눈 내린 뒤 산길을 밟아 강남길을 돌아다녔네.
문득 석단에 이르니 솔 사이로 달빛 쏟아지고
강바람 불어오자 새벽 추위가 느껴지네.

清溪一路白雲間. 踏遍江南雪後山.
偶到石壇松月滿, 水風吹作五更寒.

■

* 서하당은 김성원(金成遠, 1525~1597)이 전라도 창평 성산에다 지은 정자이다. 김인후와 임억령에게서 글을 배웠는데, 1558년 사마시에 합격한 뒤로는 과거에 응시하지 않고, 서하당에서 이이 · 정철 · 기대승 · 고경명 등과 어울렸다. 정철을 비롯한 호남의 시인들이 서하당에서 지은 시가 많다.

양천유에게 지어 부치다
寄梁天維

온 뜰에 비 개인 뒤 푸른 이끼 잘도 자라고
진흙 떨어진 책상 위로 제비새끼 날아오네.
멍하니 있다보니 문득 쓸쓸해져
녹음 짙은 온종일 그대 오길 기다리네.

一庭晴雨長新苔. 泥墜書床乳燕回.
閑思悠悠却惆悵, 綠陰終日待君來.

서울에서 가을을 맞으며
洛中秋思

초승달 어슬어슬 옥루에 져가는데
가을 벌레 쓸쓸히 나그네 시름을 짝하네.
오동잎 지는 우물가에 가을바람 차가운데
이 밤도 홀로 잠자려니 머리만 희어지겠네.

新月依依下玉樓. 陰蟲寂寂伴人愁.
梧桐井上西風冷, 一夜孤眠堪白頭.

서군수의 집에서
徐君受家

서쪽으로 송방을 나서며 옛길인가 싶었건만
늙은 오동 새버들을 물어서야 알았네.
가을 바람 불어오자 강남 생각 그지없어
반벽 푸른 등불 아래 시 한 수를 지었네.

西出松坊舊路疑. 古梧新柳問人知.
秋風無限江南思, 半壁青燈一首詩.

■

* 송방은 지금의 서울시 서대문구 적십자병원 부근에 있던 동네이다. (군수의) 이름은 익(益)이다. (원주) 송방은 한성부(漢城府) 서부(西部) 반송방(盤松坊)을 가리키는데, 군수는 만죽(萬竹) 서익(徐益)의 자이다.

고향 가는 길에서
還鄕路中

호서 길이 끝나자 호남 길이 시작되는데
천 리 산하에 한갓 병든 몸일세.
낡은 주막엔 등불도 없이 한밤중 비바람만 부는데,
반평생 나의 형체와 그림자가 옛사람에게 부끄러워라.

湖西路盡湖南路, 千里山河一病身.
古店無燈風雨夜, 半生形影愧前人.

용호에서

龍湖雜詠

3

호숫가 정자에 봄이 오자 나그네도 돌아왔네.
매화꽃 핀 곳에는 버들가지도 늘어졌네.
주인에게 술 있어 나그네는 밤까지 떠나기를 잊었는데,
산바람이 많이 불어 옷자락을 뒤흔드네.

春到湖亭客亦歸. 　　梅花開處柳依依.
主人有酒夜忘發, 　　多事山風蕩舞衣.

■

* 용호는 지금의 용산 앞 한강이다. 조선시대에 한강을 동쪽부터 차례로 동호(東湖), 남호(南湖), 용호(龍湖), 서호(西湖), 마호(麻湖) 등으로 나누어서 불렀다.

5

밤들며 서녘 바람이 불자 차가운 물결이 출렁거리네.
잠에서 깬 조각배가 기러기 앉은 모래밭으로 다가가네.
쓸쓸한 가을 마음으로 밝은 달이 떠오르기를 기다리노라니,
누구 집 개인지 흰구름 보며 외롭게 짖는구나.

西風入來漾寒波.　　睡起舟行近雁沙.
寂寂秋心待明月,　　白雲孤犬是誰家.

정 사또와 헤어지는 금아를 대신하여
代琴娥別鄭明府

어젯밤엔 달이 밝더니 오늘밤에는 눈이 내리네요.
달이 첩의 마음을 알고 눈이 당신을 붙드는군요.
날이 밝으면 남쪽 역마길로 혼자 떠나실 텐데,
흐느끼며 흐르는 강물소리를 당신 꼭 들어 보세요.

昨夜月明今夜雪. 月知妾意雪留君.
明朝獨去驛南路, 嗚咽江流君試聞.

배 타고 서울로 떠나는 천감 스님께
送僧天鑑舟向京口

사월에 외로운 배 타고 장안으로 향하신다니,
천 리라도 바람만 잘 타면 하룻밤 거리라오.
양화나루에 닿거들랑 강가를 바라보소.
오색구름 높은 곳이 바로 삼각산이라오.

孤舟四月向長安. 千里風程一夜間.
試到楊花江上望, 五雲高處是三山.

소쇄원
瀟灑園

새 봄 맞아 주인 늙은이와 노느라고 한바탕 취했길래,
솔숲 속에서 머리 흐트리고 얼굴 가득 바람을 맞았네.
꿈 속 일을 읊으려는데 스님은 벌써 가버리고,
흰구름 밝은 달빛 아래 물소리만 들리네.

新春一醉爲園翁.　　散髮松林滿面風.
吟夢欲成僧已去,　　白雲明月水聲中.

■

* 소쇄원은 조선 중종 때에 양산보(梁山甫, 1503~1557)가 경영한 별장 정원인데, 전라남도 담양군 남면 지곡리 지석부락에 있다. 넓이가 약 1,400평 된다. 1972년에 전라남도 지방문화재 제5호로 지정되었다.
양사원의 장남인 양산보는 15세 때에 아버지를 따라 서울에 올라가 조광조의 문인이 되었으나, 17세에 현량과에 합격하고도 벼슬은 얻지 못하였다. 기묘사화 때에 조광조가 남곤 일파에게 몰려서 능주로 유배되자, 시골로 돌아와 지석동 창암촌에 은거하며 계곡을 중심으로 소쇄원을 이룩하였다. 언제부터 소쇄원을 짓기 시작한지는 확실치 않지만, 낙향 때부터 10년 뒤인 1530년쯤부터 착공한 것 같다. 전라도 관찰사로 내려왔던 송순이 이 정원의 공사를 도왔으며, 주위에도 많은 정자와 누각들이 있어 여러 시인들이 서로 오고 가며 교류하였다.

4. 진포의 아침 연기 · 鎭浦朝烟

산머리에 해가 떠오르자 강물이 마을에 닿았네.
집집마다 인사하느라고 웃음소리가 시끄러워라.
강언덕에 드리워진 버들빛이 물빛과 나뉘지 않고,
다리를 지나다 보니 이따금 배를 매었던 자취가 있구나.

山頭日出水連村.　　人事家家笑語喧.
籠岸不分垂柳色,　　過橋時露繫舟痕.

5. 용문에서 봄을 바라보며 · 龍門春望

약속이라도 있는 듯 날마다 창가에 앉아서,
아침 일찍 창문을 열고 저녁 늦게야 발을 내리네.
봉우리 위의 저 절간에는 봄빛이 한창이건만,
꽃도 안 보고 돌아가는 스님은 그것도 모를 테지.

日日軒窓似有期. 　　捲簾時早下簾遲.
春光正在峰頭寺, 　　花外歸僧不自知.

■

* 상공 노직(盧稙)의 강가 정자이다.(원주) 노직(1536~1587)의 자는 사치(士稚)이고, 호는 호한헌(好閑軒)이다. 호조판서와 예조판서를 지내며 국가의 기강과 풍속을 바로잡는 데 힘썼으며, 이원익 · 유성룡과 가깝게 사귀었다.

문순거가 찾아와
文舜擧來訪

솔꽃이 뜨락에 가득하고 봄도 다시 오지 않는데,
그대가 찾아오니 너무나 기뻐 두건을 바로 쓰네.
푸른 나무 그늘로 이끌고 가서 시냇가에 앉으니,
한낮에 꾀꼴새도 신나게 울어 손님을 붙드는 듯해라.

松花滿院更無春. 却喜君來爲整巾.
相引綠陰溪畔坐, 午鶯千囀似留人.

사준 스님께
贈思峻上人

물과 구름 같은 스님의 자취는 본래 의탁할 곳이 없어서,
꽃피면 산을 떠났다가 보리가 익으면 돌아오네.
날이 밝으면 외로운 배 타고 하늘 끝에 가서 떨어질 텐데,
날 저문 강에는 풍경소리 드물고 가랑비 흩뿌리네.

水雲蹤迹本無依. 花發離山麥熟歸.
明日孤帆天際落, 晚江踈磬雨霏微.

한천탄
寒川灘

한천탄 여울물이 쪽빛처럼 푸르고
양석암 저편에는 연못 가득 흰 눈 덮였네.
달 밝은데 학 탄 벗을 만나지 못해
밤 깊도록 피리 불며 강남으로 내려가네.

寒川灘上水如藍. 兩石巖西雪滿潭.
明月不逢騎鶴侶, 夜深鳴笛下江南.

봄이 지나간 뒤에
春後

봄이 가버렸으니 나그네 병을 어이하랴.
문 밖을 나서는 적이 드물고 닫아걸 때가 많아졌네.
두견새만 부질없이 번화한 날을 그리워해,
아직 꽃이 지지 않은 푸른 산에서 울고 있네.

春去無如客病何. 出門時少閉門多.
杜鵑空有繁華戀, 啼在青山未落花.

봄날 헤어지면서
春日贈別

강가에 아침이 오니 빗방울이 먼지를 적시네.
먼 길 떠나는 사람을 한잔 술로 보내네.
문을 나서면 바로 하늘 끝까지 나그네 길이니,
눈 닿는 저 끝 구름이며 안개가 봄날 애를 타게 하네.

江上朝來雨浥塵.　　一杯相送遠行人.
出門卽是天涯路,　　目極雲烟腸斷春.

홍농군에서
弘農郡贈人

남쪽 둑에는 수양버들 북쪽 성곽에 꽃 피었는데
모든 집에 사람은 고요하고 달빛만 한껏 밝아라.
다락 속에서 어느 여인네가 새 노래를 부르는데,
천리길 돌아오는 나그네는 오늘밤 어디쯤 오고 있을까.

南埭垂楊北郭花. 　　萬家人靜月明多.
樓中有女唱新曲, 　　千里歸心今夜何.

■

* 홍농은 전라도 영광군에 있던 마을인데, 원래는 부곡(部曲)이었다. 영광군 서북쪽 30리부터 40리 되는 곳에 있었다.

개성에서 느낀 바를 사신의 운에 차운해 짓다

松京有感次詔使韻

오백년 세월이 눈앞에 스쳐지나간 봄 같아서
번화하던 자취를 찾을 곳이 없구나.
열두 다리[1] 머리에 뜬 달이 마음 아파하며
길 가는 나그네를 유유히 비치네.

五百年間瞥眼春. 繁華無處覓遺塵.
傷心十二橋頭月, 留照悠悠行路人.

■

1) 『신증동국여지승람』 제4권 「개성부」 교량조에 선죽교, 탁타교, 선인교, 수창교 등의 다리가 열다섯 개 소개되어 있다.

부여에서
扶餘有感

청산 첩첩 사이로 푸른 강물이 흘러가네.
예전에 금궁 아니면 옥루가 즐비했겠지.
그 번화하던 시절을 지금은 물을 곳이 없어
달빛 환하고 조수 밀려가는데 외로운 배에 기대어 있네.

青山重疊碧江流. 不是金宮卽玉樓.
全盛只今無問處, 月明潮落倚孤舟.

■

* 백광훈은 시를 잘 짓고 초서도 잘 써서 호남 제일이라고 이름났었다. 그가 부여현을 지나가는데, 현감이 배에다 술을 싣고 공주 기생과 악공들을 빌려서 놀며 그를 불렀다. 그가 베옷을 입은 유생 차림으로 도착했는데, 풍채가 초라하였다. 기생 가운데 장본(將本)이라는 이가 있었는데, 우스개소리를 잘하였다. 그가 "내 일찍이 백광훈의 이름을 산보다도 크게 들었는데, 지금 보니 조룡대(釣龍臺)구나" 하였다. 부여 백마강에 조룡대가 있는데, (당나라 장군) 소정방(蘇定方)이 백마를 미끼로 해서 (백마강을 지키던) 용을 잡은 곳의 이름인데, (이름이 온나라에 널리 알려졌지만 실제로는) 조그만 바위에 불과했기 때문에 (백광훈을) 그렇게 놀린 것이다. 당시 사람들이 이 기생의 말이 백광훈의 모습을 잘 형용했다고 하였다. 광훈이 (이 자리에서) 시 한 수를 지었는데, 역시 당시에 널리 알려졌다.(위의 시임) ―유몽인 『어유야담』

해남 사또 김문보에게
寄海南宰金文甫

그대와 처음 볼 때부터 서로 친해졌었지.
바닷가 십 년 떠돌았던 내 가난한 살림을 가엽게 여겼었지.
밝은 달이 다락머리에 떠올라 찼다가 벌써 이지러졌으니,
헤어져 그리는 마음은 하루라도 한 달보다 길어라.

與君相見卽相親. 湖海憐吾十載貧.
明月樓頭完已缺, 離懷一日敵三旬.

■

* (김문보의) 이름은 응인(應寅)이다. (원주)
김응인(1532~?)은 조선 명종(明宗)~선조(宣祖) 때의 문신으로, 본관은 양산(梁山)이다. 1558년 식년시에 급제하여 해남현감(海南縣監)·좌랑(佐郎) 등을 지냈고, 백광훈(白光勳)과 교유하였다.

환벽당
環碧堂

몇 굽이 안개 낀 골짜기가 맑고도 고요해
작은 집에 꿈이 한가로워 부들자리에 바람 불어오네.
깨어나 문을 여니 아무도 뵈지 않고
비낀 햇살만 느릿느릿 물 속에 어리네.

數曲煙溪淸若空, 小堂閑夢蒲襟風.
覺來開戶無人見, 斜日離離暎水中.

■

* 을사사화가 일어나자 사촌(沙村) 김윤제(金允悌, 1501~1572)가 남원도호부 판관 벼슬을 버리고 고향에 은거하면서 환벽당을 지었다. 창계천 건너편에 석천 임억령의 식영정이 있고, 식영정 뒤에 김성원의 서하당이 있어, 당시 시인들이 이 일대에 모여 시를 지으며 노닐었다. 당시에는 창계천에 무지개다리가 있어서 환벽당과 식영정을 서로 오갔다고 하는데, 지금은 이 다리가 없어졌다. 송강 정철이 10세 때에 둘째 매부 계림군이 을사사화에 얽혀 죽고 아버지가 정평으로 유배되자, 14세 때에 작은형을 찾아 순천을 향해 내려갔다. 그가 환벽당 아래 창계천에서 잠시 쉬며 세수하던 모습을 보던 김윤제가 환벽당으로 불러들여 보고, 그 영특함을 사랑하여 글을 가르쳤다. 정철은 이러한 인연으로 창평에 정착하여 김윤제의 외손주사위가 되었으며, 이곳에서 「성산별곡」·「사미인곡」·「속미인곡」 같은 가사들을 지었다. 환벽당은 광주직할시 북구 충효동에 있는데, 그 아래까지 광주호의 물이 들어차 경치가 좋다. 식영정· 송강정과 더불어 지방기념물 제1호로 지정되어 있다.

설순 스님께
贈雪淳上人次高學士而順

문 닫아걸고 긴 낮 동안 선(禪)하는 것처럼 앉았다가,
서상에 향불이 스러지면 벽에 기대어 잠을 자네.
산 속 스님을 만났길래 마음속의 일을 말하고 싶었건만,
술 한 잔에 취하고 보니 다시금 할말을 잊었네.

掩門長日坐如禪. 香歇書床倚壁眠.
欲向山僧道心事, 一杯成醉又茫然.

■

* 원래의 제목은 「학사 고이순의 시를 차운하여 설순상인께 드리다」이다. 이순은 임진왜란 때의 의병장이었던 고경명(高敬命, 1533~1592)의 자이고, 호는 제봉(霽峯) 또는 태헌(苔軒)이다. 시와 문장, 글씨에 아울러 뛰어났다.

하포 별업에서 정경수에게
荷浦別業示鄭兄景綏

이곳에 왔다갔다 십여 년 동안,
모래밭 갈매기를 볼 때마다 그처럼 못사는 게 부끄러웠지.
비바람 치는 고기잡이의 집에다 잠잘 곳을 얻고는,
그대와 정다운 이야기하다 보니 어느새 창이 밝았네.

此中來往十年餘. 每見沙鷗愧不如.
風雨漁家投宿處, 共君情話一牕虛.

즉흥시를 지어 지문 스님에게 드리다
卽事書懷贈志文

돌아가고픈 마음에 하룻밤 사이 건계 남쪽에 이르렀건만
해묵은 병이 봄을 만나니 더욱 견디기 어려워라.
우연히 산인을 만나 지난 밤 꿈을 말하노니
들매화 향기 속에 서암에 이르렀다오.

歸心一夜建溪南. 舊疾逢春更不堪.
偶見山人話新夢, 野梅香裏到西庵.

■
* (지문은 백광훈이 자주 찾아다니던 한강 남쪽) 봉은사의 스님이다. (원주)

집을 떠나며
別家

뜬구름 같은 인생이 한평생 괴로우니
아내 자식과 이야기할 때가 서로 즐거웠지.
문득 금릉성[1] 아래 이르러 바라보니
흰구름은 아직도 구봉산에 걸려 있네.

浮生自苦百年間. 說與妻兒各好顏.
却到金陵城下望, 白雲猶在九峰山.

■

1) 금릉은 강진의 옛이름이다. 옥봉이 14세 때에 금릉 박산에 살던 청련 이후백에게 찾아가 글을 배웠다.

봉은사 운수 스님에게 지어 주다
贈奉恩僧雲水

해질 무렵 나귀를 몰아 돌다리를 건너니
산 속의 풍경 소리가 아득히 들려오네.
고승은 문 앞의 눈을 쓸지도 않아
한 점 향등만 고즈넉히 비치네.

日暮驅驢度石橋. 遙聞微磬在山椒.
高僧不掃門前雪, 一點香燈照寂寥.

초봄에 양봉래 부사의 편지를 받고서
初春得楊蓬萊明府書

한 장의 편지가 한양성 봄날 날아왔네.
편지 속에는 다만 "마음으로 친하다"는 말만 있네.
서로 그리워하다 보니 구름 속의 달이 부러워라.
삼천리 밖의 사람까지도 나누어 비출 테니까.

一紙書來漢口春.　　書中有語只心親.
相思却羨雲間月,　　分照三千里外人.

■

* 편지에는 다만 한 줄만 있었는데, "삼천리 밖에서도 마음으로 친하니, 한조각 구름 사이로 밝은 달이 비치네." 말고는 다른 말이 없었다. 양봉래는 그때 안변(安邊) 부사로 있었다.(원주)
  봉래는 양사언(楊士彦, 1517~1584)의 호이다. 자연의 경치를 사랑하여, 삼등 · 함흥 · 평창 · 강릉 · 회양 · 철원 등의 고을 사또를 자원하였다고 한다. 시와 글씨에 아울러 뛰어났다.

낙산으로 가는 스님 편에 관찰사 정철에게 부치다
有僧向洛山因寄鄭方伯

낙산사 의상대에서 취해 읊는 저 신선아
일만리 푸른 바다가 눈앞에 펼쳐졌네.
고래와 대붕의 밤중 장난을 괘념치 말게나.
육룡이 해를 받쳐 푸른 하늘에 솟구칠 테니.[1)]

洛山臺上醉吟仙. 　　萬里滄溟在眼前.
不記鯨鵬中夜戲, 　　六龍扶日上靑天.

■

1) 낙산 동방으로 의상대에 올라앉아
일출을 보리라 밤중만 일어하니
상운이 지피는등 육룡이 바퀴는등
바다에 떠날 제는 만국이 일위더니
천중의 치뜨니 호발을 헤리로다. ―정철「관동별곡」

백광훈은「관동별곡」을 읽어 보고 이 시를 지었는데, 지금은 정철이 정적들에 의해 강원도로 밀려나 있지만 다시 빛볼 날이 있으리라고 위로하는 뜻에서 지었다.

부질없이 흥겨워
漫興奉呈宋礪城頤庵

뜨락에 가득 꽃이 피어 희고 또 붉건만,
향내와 아름다움도 한때뿐이니 너무나 가여워라.
흩날리다가 끝내 진흙에 떨어질 것까지 내 알고 있으니,
어지럽게 늦바람을 좇아다닐 필요는 없으리라.

漫院花開白又紅.　　　可憐芳艶片時中.
也知飛去終泥土,　　　不用紛紛逐晩風.

■

* 원제목은 「부질없이 흥겨워 여성위 송이암에게 지어 바치다」이다. 이암은 송인(宋寅, 1516~1584)의 호인데, 자는 명중(明仲)이고, 시호는 문단(文端)이다. 천성이 총명하고 학문을 사랑하여 열 살 때에 중종의 셋째 딸인 정순옹주에게 장가들어 여성위(礪城尉)가 되고, 명종 때에 도총관에 올랐다. 귀천을 가리지 않고 사람들을 사귀었으며, 퇴계 · 남명 · 율곡도 그를 존중하였다. 『이암유고』 12권 4책이 간행되었다.

오언율시

玉峯
白光勳 詩選

나루에 밤배를 대고
懸津夜泊

나그네가 어촌 포구에 배를 대니
다시 찾아온 이곳에도 한 해가 저무네.
종소리는 언덕 너머 절에서 울리고
말소리는 물 건너 배에서 들려오네.
달이 떠오르자 갈대숲이 아득하고
물안개 깔린 속에 섬들이 이어졌는데,
밤 깊어지자 바람이 다시 거세게 불어
떨어진 기러기가 무리를 못 이루네.

旅泊依村口, 重遊屬暮年.
鍾聲隔岸寺, 人語渡湖船.
月上蒹葭遠, 烟橫島嶼連.
夜深風更急, 落雁不成聯.

화분의 난초를 읊어 청련 선생께 바치다
詠盆蘭呈青蓮先生

홀로 거문고 곡조를 듣노라니
초나라 나그네의 노래가[1] 길이 슬프네.
어디서 뿌리를 옮겨 왔던가
책상 곁에서도 참다운 자태를 지녔네.
바람 부는 대로 맡겨 두고서
비 듣는 노래를 즐기게 하네.
강남에 가을걷이 가까워졌기에
그리워하는 마음을 선생께 부치네.

獨聽琴中操, 長憐楚客詞.
移根自何處, 傍案是眞姿.
一任風披拂, 休敎雨倒歌.
江南秋事近, 還欲贈相思.

■

* (청련선생은) 이후백이다. (원주)
  청련은 이후백(李後白, 1520~1578)의 호인데, 자는 계진(季眞)이며, 호가 청련거사이다. 호남에서 문장으로 이름났는데, 백광훈이 14세에 금릉(강진) 박산촌으로 찾아가 글을 배웠다.

1) 지조가 고결함을 뜻한다. 초나라 시인 굴원(屈原)이 소인들의 참소를 당하여 쫓겨난 뒤, 임금을 생각하며 근심스러운 심정을 읊은 시에 "가을 난초를 엮어서 허리춤에 차노라.[紉秋蘭以爲佩]" 하였다. ―『초사(楚辭)』「이소(離騷)」

부질없이
漫興

2

봄이 온 것을 말하려고
지난 밤에 사립 밖이 맑게 개였네.
한가로운 구름이 산을 넘으며 그림자 지고
아름다운 새가 숲 너머에서 우네.
손님 떠나면 물가에 앉았다가
꿈이 돌아오면 꽃 속을 거니네.
새 술이 익었단 소리가 들리니
여윈 아내가 내 마음을 짐작한 게지.

欲說春來事, 柴門昨夜晴.
閑雲度峯影, 好鳥隔林聲.
客去水邊坐, 夢廻花裏行.
仍聞新酒熟, 瘦婦自知情.

부질없이 시흥에 겨워
漫興

앉아서 사랑하니 청산이 가까워지고
거닐며 어여삐 여기니 오솔길이 평탄해지네.
솔숲 아지랑이가 집에 불어와 어둑해지자
대숲의 빗줄기가 처마를 적시며 소리내네.
차를 맛보려고 새로 불씨를 일으키며
옛부터 알던 정으로 스님을 붙드네.
깊숙히 살다 보니 다툴 일도 없어
병이 많아도 몸은 가벼워라.

坐愛青山近, 行憐小逕平.
松嵐吹戸暗, 竹雨濕簷鳴.
試茗新敲火, 留僧舊識情.
深居無物競, 多病也身輕.

고죽을 그리워하며
憶崔嘉運

문 밖에 풀은 낟가리처럼 우거졌고
거울 속 얼굴도 이미 시들었네.
가을 기운 도는 밤을 어이 견디랴,
게다가 빗소리 들리는 이런 아침을.
그림자가 때로는 서로 위로하고
그리울 때마다 혼자 노래한다네.
외로운 베갯머리의 꿈이 오히려 사랑스러우니
바다와 산이 멀다고 말하지 마오.

問外草如積, 鏡中顔已凋.
那堪秋氣夜, 復此雨聲朝.
影在時相弔, 情來每獨謠.
猶憐孤枕夢, 不道海山遙.

■

* 가운(嘉運)은 백광훈과 함께 삼당시인(三唐詩人)으로 이름을 날렸던 고죽(孤竹) 최경창(崔慶昌)의 자이다.

북진사 설준 스님의 두루마리에다
題北辰寺雪俊軸

천 리 밖에서 스님이 찾아왔는데
두루마리에 벗님의 시가 있네.
한번 헤어진 뒤에 이렇게 되다니
다시 만나기 아득해 기약도 못 하겠네.
아직도 옛 모습 그대로라니
운명이 더딘 것이 한스럽지는 않아라.
시 읊기를 마친 뒤의 끝없는 이 뜻을
뒷날 그대도 스스로 아시겠지.

憐僧千里到, 軸上故人詩.
一別有如此, 重逢杳未期.
猶聞容鬢舊, 不恨命徐遲
詠罷無窮意, 他年爾自知.

■
* 두루마리 위에 이백생(李伯生, 이순인)의 시가 있었다.(원주)
북진사는 전주에 있던 절이다.

벼슬에서 떠나 고향으로 돌아가는 나중부에게
送羅仲孚解官歸鄉

세상살이를 다 맛보니
전원으로 돌아가는 게 가장 상책일세.
이미 버려진 몸은 마치 느릅나무 같은데
겨우 얻은 것이라곤 서리가 된 귀밑머리뿐일세.
연못에는 마름과 연꽃이 넉넉하고
뒷동산에는 토란과 밤이 향그러우니,
높직이 베개 베고 한가롭게 누우면
대궐은 꿈에도 아득하다네.

嘗盡人間味, 歸田策最良.
已拚身似梗, 贏得鬢成霜.
水國菱荷足, 山園芋栗香.
悠然高枕處, 雲闕夢蒼茫.

■

* (나중부의) 이름은 사침(士忱)이다. (원주)
  나사침(羅士忱 1525~1596)의 본관은 나주(羅州), 자는 중부(仲孚), 호는 금남(錦南)이다, 1555년 생원시에 합격하고, 음직으로 경기전 참봉(慶基殿參奉)과 이성현감(尼城縣監)을 지냈다. 나질은 최부(崔溥)의 둘째 사위로, 미암 유희춘의 이모부이다.

오대산 옛 처소로 돌아가는 편운 스님을 보내며
次贈

성 안에 가을이 저물어 가니
산 속엔 나뭇잎들이 벌써 드물겠지.
한가로운 구름이 그림자에 매이지 않았으니
들판의 학은 누구에게 의지하려나.
강물 한 줄기가 끝없이 흘러오니
가벼운 돛단배가 나는 듯이 떠나가네.
서대(西臺)에서 경쇠가 울리는 곳이
예전 선(禪)하던 곳인 줄을 멀리서도 알겠네.

城裏秋將晩, 山中葉已稀.
閑雲不繫影, 野鶴欲誰依.
一水來無盡, 輕帆去似飛.
西臺鳴磬處, 遙認舊禪扉.

■
* 원래 최경창이 편운 스님에게 지어준 시 「송편운상인귀오대구거(送片雲上人歸五臺舊居)」에다 백옥봉이 차운하여 지어준 시다.

춘천으로 부임하는 심공직에게
送沈公直赴任春川

번거로움을 싫어하는 게 바로 맑은 병통이었으니
벼슬 옮기는 게 평소의 뜻에 흡족할 테지.
부임길의 음식은 산마을 아전이 받들고
봄 배를 들꽃이 맞아주겠지.
안석에 기대어 구름이 일어나는 걸 보고
거문고 멈추고 달이 밝아지길 기다리게나.
누대 아래 강물을 어여삐 여기시게.
밤낮 서울을 향해 흘러간다네.

厭劇仍淸疾, 移官愜素情.
行廚山吏供, 春纜野花迎.
隱几看雲起, 停琴待月明.
應憐樓下水, 日夜向秦城.

■

* 이름은 충겸이다.(원주) 심충겸(1545~1594)의 자는 공직이고, 호는 사양당(四養堂), 시호는 충익(忠翼)이다. 서인의 영수였던 심의겸의 아우이다. 임진왜란 때에 병조참판으로 공을 세우고, 병조판서에까지 올랐다. 청림군(靑林君)에 추봉되었다. 글씨도 잘 썼다.

산으로 돌아가는 우계와 헤어지며
奉別成牛溪還山

한양성 안에서는 해마다 병을 앓더니
나랏님 은혜로 돌아가 쉬게 되었네.
솔바람 소리는[1] 옛 골짜기에 그대로이고
달빛이 사립문에 가득할 테지.
이 길에 원류가 있으니
맑은 바람이 시작하신 일을 받드네.
갈림길에 다다라 문득 서글피 바라보니
헤어지는 게 서러워 그러는 것만은 아닐 테지.[2]

■

* 우계의 이름은 성혼(成渾, 1535~1598)이고, 자는 호원(浩原), 시호는 문간(文簡)이다. 파평 우계 옆에 살았으므로, 학자들이 우계 선생이라 불렀다. 병으로 과거를 포기했지만 벼슬을 받았는데, 거의 사퇴하였다. 이율곡과 「사단칠정이기설(四端七情理氣說)」을 토론하고, 퇴계의 학설을 이어받았다. 임진왜란 중에는 선조 임금을 모시고 다녔는데, 영의정 유성룡과 함께 일본과의 화의를 주장하다가 고향인 파주로 내려가기도 했다. 인조반정 뒤에 좌의정에 추증되었는데, 벼슬하기 전 우계에서 많은 제자들을 길렀다.

城裏終年病, 歸休聖主恩.
松聲自舊壑, 月色滿柴門.
此道源流在, 淸風緖業尊.
臨歧偏悵望, 不獨爲離魂.

■

1) 우계에 소나무가 많았다. 그래서 그의 아버지인 성수침(成守琛)도 '솔바람 소리를 듣는다' 는 뜻으로 '청송(聽松)' 이라고 호를 지었다. 청송당은 지금의 종로구 청운동 경기상업고등학교 뒷동산에 있었는데, 지금도 '聽松堂 遺址' 라고 다섯 글자를 새긴 바위가 남아 있다.
2) 그는 반대파가 많아서, 여러 차례 벼슬에서 떨어져 고향으로 돌아갔었다.

칠언율시

죽애 서군수에게
寄竹崖徐君受

내 스스로 청운의 그릇 아님을 알았으니
한평생 사립문에서 늙음이 알맞아라.
강꽃이 지지 않은 들판엔 꾀꼬리소리만 어지럽고
산 속에 해가 지자 시냇가엔 달이 비추네.
절에 비오면 갠 뒤에 혼자 떠났고
인가에 술이 익으면 취해서 함께 돌아갔었지.
이따금 마음속의 일을 읊어
친한 벗에게 보내려 해도 전할 사람이 드물어라.

自識靑雲器業非. 一生端合老荊扉.
江花未落野鶯亂, 山日初沈溪月輝.
僧寺雨來晴獨去, 人家酒熟醉同歸.
有時吟詠情中事, 欲寄交親信使稀.

광한루에서 임제의 시에 차운하여
次贈林子順

그림 난간 서쪽가에는 푸른 마름이 물결치고
헤어지는 정 끝이 없는데 해는 기울어 가네.
꽃과 풀 그 어느 때나 나그네 길 다 끝나고,
푸른 산 그 어느 곳에 흰구름이 많으려나.
외로운 배로 푸른 바다 건너던 일이 꿈 속 같은데
삼월의 안개 속에 상원의 꽃이 피네.
동이의 술이 쉽게 비고 사람들도 쉬 흩어지자,
들새가 원망하는 듯 또 노래하는 듯 우네.

畫欄西畔綠蘋波. 無限離情日欲斜.
芳草幾時行路盡, 青山何處白雲多.
孤舟夢裏滄溟事, 三月烟中上苑花.
樽酒易空人易散, 野禽如怨又如歌.

■

* 이때 (임제가) 탐라(제주도)로부터 돌아왔다.(원주) 백호 임제(林悌, 1549~1587)가 제주 현감인 아버지 임진을 뵈러 제주도까지 갔다가 오는 길에 남원에 들리자, 손곡 이달 · 송천 양응정 · 옥봉 백광훈 등의 글벗들이 모여 광한루에 함께 올랐다.(백광훈의 「연보」에 의하면 1578년이라고 한다.) 먼저 임제가 시를 짓자, 이달 · 백광훈 · 양응정이 그 시에 차운하여 시를 지었다. 홍만종은 『소화시평(小華詩評)』에서 이때 지은 시들을 이렇게 비평하였다.
"세상에서 전하는 말에 의하면, 이 여러 사람들이 광한루에서 놀던 때에 마침 나라의 초상을 만났다고 한다. 백호가 가(歌)자로써 운을 잡아 먼저 시를 지어서, 여러 사람들을 급하게 만들려고 하였다. 옥봉이 지은 「야금여가(野禽如歌)」의 글귀는 그때의 사람들이 모두들 압운을 잘하였다고 일러 주었다. 임백호의 시는 짙고도 아름다우며, 양송천의 시는 원숙하다. 손곡과 옥봉의 시는 당시(唐詩)에 아주 가깝다. 손곡의 시는 첫구와 끝구가 모두 보통이어서 옥봉의 시, 즉 첫구과 끝구가 모두 폭이 넓고도 청신한 것보다는 못하다."

봉은사 정자에서 교리 이백생이 보여준 시에 차운하다
奉恩寺蓮亭次李校理伯生見示之作

우연히 휴가받아 절집에 이르러
술잔 잡고 시 지었던 멋진 일도 있었지.
못에 가득 연꽃 피고 뜨락엔 바람 시원한데
나무마다 늦매미 울고 건너 마을에 비 지나가네.
흰머리로 벼슬길에 매였으니 깊이 부끄럽건만
청산이 고향 동산 같아서 그래도 좋아라.
금호의 안개 낀 경치가 특별하다니
외로운 배 저어 별천지 찾아가세.

偶因休浣到雲門. 把酒題詩勝事存.
紅藕一池風滿院, 晩蟬千樹雨歸村.
深慙皓首從羈宦, 猶喜青山似故園.
聞說錦湖烟景異, 會容孤棹問眞源.

■
* 백생은 이순인(李純仁)의 자이다.

오언고시

玉峯
白光勳 詩選

양응우에게
寄楊應遇

높은 나무에 서늘한 바람이 일자
보슬비 소리에도 가을이 느껴지네.
묻혀 사는 사람이 밤중에 일어나니
고요한 가운데 마음은 천 리를 달리네.
어느덧 한 해가 저물었는데
이제는 소식마저 듣기 힘들어라.
구름 아득해 기약이 없고
고갯마루가 어딘지 길도 아슬해라.
시름겨워 거문고를 뜯어 보지만
옛 곡조를 즐길 줄 아는 이가 없어.
아리따운 풀 위에 발길을 잠시 쉬자
반딧불이 빈 휘장을 넘어오네.
인간 세상의 부귀영화는 믿기 어려우니
세상 물정은 언제나 바뀐다네.
한숨과 탄식으로 이 밤을 지새우며
노래를 맘껏 불러 내 마음을 달래네.

涼風生高樹, 微雨灑秋響.
幽人起中夜, 默感千里想.
居然年景迫, 復此音徽曠.
雲波漭無期, 嶺陸互迷望.
愁來取琴彈, 調古無人賞.
瑤草行休歇, 流螢度虛幌.
榮華諒難恃, 物情靡定狀.
歎息意此辰, 放歌當自廣.

서재에 머물며 최경창에게 부침
齋居感懷寄崔孤竹

서재에 머물며 일도 없기에
문까지 닫아걸었더니 봄날이 더디 가네.
풀잎이 그윽하게 섬돌에 그림자지고
새로 흘러온 물은 못을 가득 채웠네.
이제야 때맞춰 내린 비도 개이고
즐거운 새는 높은 가지에서 우네.
그리운 사람이 여기에 있지 않으니
그 누구와 함께 이 즐거움을 나눌까.
날 저물녘에 서남쪽을 바라보며
말없이 앉았노라니 저절로 서글퍼지네.

齋居寂無事, 閉門春日遲.
幽卉漸映砌, 新流已滿池.
復此時雨霽, 好鳥鳴高枝.
所思不在此, 誰可共華滋.
日夕西南望, 默默中自悲.

칠언고시

玉峯
白光勳 詩選

용강에서 남편을 기다리며
龍江詞

저의 집은 용강 머리에 있어서
날마다 문 앞으로 강물이 흐르지요.
강물이 동쪽으로 흐르며 쉬지 않는 것처럼
님을 그리는 저의 마음이 언젠들 그치겠어요?
강가에는 구월이라 서리와 이슬이 차갑고요
언덕에는 갈대꽃 피고 단풍이 붉게 물들었네요.
북쪽에선 새 기러기떼가 줄줄이 날아오건만
서울 계신 님의 편지는 돌아오질 않네요.
다락에서 저 달 보며 몇 번이나 얼굴 찌푸렸던가
날마다 강가에도 가보고 산에도 올라가 본답니다.
떠나실 때 뱃속에 있던 아기는
이제 말도 하고 죽마도 타고 놀지요.
곧잘 아이들을 따라서 아빠도 불러 본답니다.
네 아빠가 만 리 밖에서 네 소리를 들으실까?
인생이 잘되고 못되는 건 하늘에 달려 있건만

■

* 원문의 진루(秦樓)는 기생집을 뜻한다. 진나라 목공의 딸 농옥이 음악을 좋아했는데 소사(蕭史)가 퉁소를 잘 불었으므로, 목공이 농옥을 소사에게 시집보냈다. 봉루(鳳樓)를 짓고 두 사람이 퉁소를 불자, 봉황이 모여들었다. 그래서 봉황을 타고 가버렸다. 나중에 진루의 뜻이 바뀌어 기원(妓院)의 별칭으로 쓰였다. 기생들이 있는 곳을 진루(秦樓) · 초관(楚館)이라고도 부른다.

고생하며 세월만 보내다니 참으로 아까워라.
베틀에서 비단 짜면 추울 때 입을 수 있었고
강가에선 몇 이랑 밭농사도 거두었지요.
한 집에 살며 서로 볼 땐 가난해도 즐거웠는데
노리개로 몸을 감싸도 고귀해지지 않는군요.
아침부터 까치가 뜨락 나무에서 지저귀길래
문 밖에 나와 자꾸만 강 서쪽 길을 바라봅니다.
옆사람에게도 마음속의 말을 못 하는데
애끊는 물안개 속에 날이 또 저무는군요.
금빛 굴레 저 분은 어느 댁 낭군이신지
우는 말 세워 놓고 서쪽 집으로 들어가시네요.

妾家住在龍江頭.　　日日門前江水流.
江水東流不曾歇.　　妾心憶君何日休.
江邊九月霜露寒.　　岸葦花白楓葉丹.
行行新鴈自北來.　　君在京河書未廻.
秦樓望月幾苦顔.　　使妾長登江上山.
去時在腹兒未生.　　卽今解語騎竹行.
便從人兒學呼爺.　　汝爺萬里那聞聲.
人生窮達各在天.　　可惜辛勤虛度年.
機中織帛寒可衣.　　江上仍收數頃田.
存家相對貧亦喜.　　銀黃繞身不足貴.

朝來鵲噪庭前樹. 出門頻望江西路.
不向傍人道心事. 腸斷烟波日又暮.
紅羈金絡何處郎. 馬嘶却入西家去.

달량성
達梁行

달량성 머리 위로 해는 저무는데
달량성 밖에선 바다 물결이 흐느끼네.
백사장은 넓디넓어 사람 하나 보이지 않고
옛길에 보이는 건 풀에 얽힌 해골뿐일세.
이 몸은 난리를 겪어 마음도 죽은지 오래
지금도 눈앞에 처참한 모습을 어찌 다시 말하랴.
그날에 오랑캐들이 감히 쳐들어와
외로운 성엔 소식도 끊겨 위기일발이었네.
장군의 전략은 졸렬해 포위되길 자초했으니[1)]
병졸들은 싸우기도 전에 벌써 혼을 빼앗겼네.
달서봉 앞에 적들이 구름처럼 진을 치니

■

* 달량영(達梁營)은 (영암)읍의 남쪽 90리에 있다. 수군 만호(萬戶) 1인을 두었다. 정덕(正德) 임오년(1522)에 영을 없애고, 강진의 가리포(지금의 완도읍)로 옮겼다. —『신증동국여지승람』 제35권 (영암군)
  지금은 마을 이름이 남창(南倉)으로 바뀌었으며, 전라남도 해남군 북평면에 속해 있다.

1) 을묘 명종대왕 10년(1555)에 왜선 60여 척이 전라도를 침범하였는데, 전라병사 원적(元績)이 군사를 거느리고 달려나가다 날이 저물어 달량성으로 들어가 주둔하였다. 이튿날 아침 적군이 성을 포위하자 원군은 북쪽으로 달아나고, 관군은 성을 넘어가 많이 숨었다. 원적은 자신의 전립과 군복을 벗어 성 밖으로 내던지며 항복을 빌었다. 적군은 이쪽의 형세를 알아채고 공격을 더해 왔다. 마침내 성이 함락되자 (적군은) 원적 및 장흥부사 한온을 죽이고, 영암군수 이덕견을 포로로 잡았다. 잇달아 난포 · 마도 · 장흥부 · 강진 · 가리포 등지도 함락되었다. —허봉 『해동야언』

넓은 바다 언덕엔 구원군도 끊어졌네.
넓은 하늘 넓은 땅 아득하기만 해서
갑옷을 벗어 던지고 생사를 결단냈다네.[2)]
슬프구나, 누군들 부모의 몸을 받지 않았으랴만
죄도 없이 칼날을 받아 피를 뿌렸구나.
시체는 까마귀가 물어 가고 살쾡이가 훔쳐가 버려
가족들 찾으러 오니 머리와 발이 따로 떨어졌네.
산천이 삭막하고 초목도 슬퍼하니
쓸쓸한 마을에는 타버린 재만 남았구나.
마침내 흉악한 왜놈들이 무인지경에 들어오니
여러 진지들이 바라만 보다 끝내 무너졌네.
진남의[3)] 아침 구름은 오랑캐 북소리에 놀라고
모산의 저녁 달은 피비린내 먼지에 어두워라.
처자식도 서로 잃고 노약자들이 넘어지면서
수풀 속에 엎드려 숨었으니 호랑이라도 찾아들겠네.
내가 옛 역사 읽으며 눈물 흘린 적 있었건만
이런 일 친히 겪으리라곤 어찌 생각이나 했으랴.
떠돌아다니며 날마다 관군 오기만 기다리는 동안

■

2) 전라병사 원적이 갑옷을 벗어 던지며 항복을 빌었다.

3) 진남향(鎭南鄕): (영암)군의 서쪽 20리에 있다. —《신증동국여지승람》 제35권「영암군」

저 언덕의 칡넝쿨은 어이 저리 자랐나?[4]
이야기를 들으니 장안에서 장수 보내실 적에
임금께서 친히 대궐에서 전별하시면서
옥음이 애통하신 것을 모두 귀로 들었다네.
신자(臣子)가 무슨 마음으로 제 한 몸을 돌보랴.
나주의 군사들은 끝내 아무 일 못 했고
영암의 이 한번 싸움으로는 만회할 수 없었네.
월출산이 높고 구호가 깊다지만
그 물이 마르고 산이 깎인다고 이 부끄러움 씻어지려나.
지금도 바다와 하늘에 비바람이 일면
귀신들의 울부짖음 소리가 싸우던 그날 같아라.
내 이 글을 읊으며 원혼들에게 술잔을 부으니
그 옛날 장수들의 얼굴이 달아오르리라.

■

4) 『시경』 패풍 「모구(旄丘)」편에 "비탈진 언덕 위에 칡덩굴/ 언제 그 마디가 이리 길게 자랐나./ 위나라 대신들이여/ 어찌 이리도 오래 끄시나."라는 구절이 있다. 이 시는 여나라 신하들이 구원병을 내주지 않는 위나라 대신들을 원망하는 시, 또는 여나라에 시집온 위나라 공주가 파경을 수습해 주지 않는 친정 오라버니들을 원망하는 시라고도 해석한다. 모구의 칡덩굴 줄기가 길게 자랄 정도로 시일이 지났는데도 구원병이 오지 않음을 안타까워하는 뜻이다.

達梁城頭日欲暮,　　達梁城外潮聲咽.
平沙浩浩不見人,　　古道唯逢纏草骨.
身經亂離心久死,　　慘目如今那更說.
當年獠虜敢不恭,　　絕徼孤城勢一髮.
將軍計下自作圍,　　士卒不戰魂已奪.
達嶼峯前陣如雲,　　洪海原頭救來絕.
天長地濶兩茫茫,　　解甲投衣生死決.
哀汝誰非父母身,　　無辜同爲白刃血.
烏鳶啣飛狐狸偷,　　家室來收頭足別.
山川索莫草樹悲,　　境落蕭條灰燼滅.
遂令凶醜入無人,　　列鎭相望竟互裂.
羯鼓朝驚鎭南雲,　　腥塵夜暗茅山月.
妻孥相失老弱顚,　　草伏林投信虎穴.
迂儒攬古泣書史,　　不意身親見此日.
流離唯日望官軍,　　彼葛旄丘何誕節.
聞說長安遣師初,　　玉旒親推餞雙闕.
天語哀痛皆耳聞,　　臣子何心軀命恤.
錦城千群竟無爲,　　朗州一戰難補失.
月出山高九湖深,　　水渴山摧恥能雪.
至今海天風雨時,　　鬼哭猶疑初戰伐.
爲吟此辭酹煩冤,　　征南舊將面應熱.

부록

玉峯
白光勳 詩選

옥봉 백광훈의 시와 시인의 삶

| 고운기(시인)

조선 선조대의 풍부한 문단기를 목릉성세(穆陵盛世)라 일컫거니와, 그 꽃봉우리처럼 삼당시인(三唐詩人) 세 사람이 자리잡는다. 그들은 손곡(蓀谷) 이달(李達), 고죽(孤竹) 최경창(崔慶昌) 그리고 옥봉(玉峯) 백광훈(白光勳)이다.

조선 초기까지 우리 문단은 송풍(宋風)의 영향 아래 있었다. 왕조가 바뀌었다고 해서 문풍마저 인위적으로 변할 리 없고, 새 왕조의 이념적 기반이 주자학(朱子學)이었기에 송풍은 오히려 강화되는 방향으로 나아갔다. 송풍은 구체적으로 재도문학(載道文學)을 표방한다. 도를 논하고 인간의 심성을 교화하는 것이어야 했다. 그러면서 마치 학문을 연마하듯 문학을 했으므로 외적으로는 오히려 화려하고 고답적이었다. 시 한 줄마다 전거를 끌어대고, 문장 하나하나를 지극히 꾸몄다. 물론 여기에서 왕조의 개창 이후 관료사회를 지배해 온 문인들과 본격적인 성리학으로 사상을 무장한 사림문인(士林文人) 사이에는 일정한 차이가 있다. 사림파는 관료문인들의 기괴한 용사(用事), 희귀한 전고(典故)를 사용한 화미(華美)한 문체를 비판, 극복한다.

그들은 내면적이고 투명한 정신세계를 지향하는 시세계를 열어 보였던 것이다. 그러나 그들 사림파도 심성 수양에 치우친 나머지 삶의 풍부한 정서를 담아내지 못한 송풍의 끝물에 불과했다.

시풍의 새로운 분위기는 호남지방에서 일어나기 시작한다. 일찍이 김득신(金得臣)이 호남의 풍속을 "화려한 옷, 맛 좋은 음식, 가희미주(歌姬美酒)로 놀기를 다하고 호화로움을 다투어 경학(經學)에 힘쓰지 않으며 또한 문필의 업을 숭상하지 않는다."고 했거니와, 물산이 풍부하고 기후가 좋아 감정이 넘쳐날 조건을 갖춘 곳이기도 했다. 더불어 이곳에는 관료문인이나 사림파 문인의 영향이 비교적 덜 미쳤다. 선조임금 이전 이곳에서 학문을 논한 사람으로 기대승(奇大升) 한 사람 정도가 있을 뿐이다. 심성수양에 경도된 조선의 전반적인 문학 풍토와 다른 호남의 문학적 분위기는 새로운 시풍을 만들어 내는데, 그것은 다름아닌 학당(學唐)에서 시작한다. 시인의 정서가 질박하게 드러나면서도 흥에 겨운 절주(節奏)를 통해 감정을 고양시키는 시. 그것은 오랫동안 소동파나 황산곡을 위주로 난삽하고 메마른 시를 써오던 분위기를 일신시키는 데 더없이 훌륭한 대용물이었다.

그러나 이러한 주정적이고 소박한 분위기의 당풍이 다시 시인들의 붓방아를 움직이게 한 까닭으로 중국의 영향을 빼놓을 수 없다. 명(明) 만력(萬曆) 연간에 그곳도 학당의 거센 물결이 일고 있었던 것이다. 만력은 조선의 선조 6년(1573)에 시작한다. 중국의 변화에 우리 문인들도 민감하게 반응했음을 부인하기 어렵다. 게다가 선조대에 겪은 임진왜란은 왕조 자체의 위기였을 뿐만 아니라 사회구조의 일대 변혁을 가져온다. 굳건해만 보였던 이념은 무사의 칼 앞에 무력하게 쓰러졌고, 외부로부터 온 충격에 흔들리고 다시 스스로 분열되어 갔다. 왜란 이후 당쟁이 심해

진 것 역시 이런 구조에서 이해할 만하다. 한 사회의 가장 예민한 감각을 지닌 문학이 이 변화의 기미를 놓칠 리 없다.

허균(許筠)은 학당의 경로를 밝히는 글에서 이주(李胄)와 김정(金淨)을 차례대로 놓았다. 중국의 홍치(弘治) 정덕(正德) 연간에 해당하는 1488년에서 1521년 사이이다. 그리고 이를 이어 박순(朴淳)을 드는데 이때가 만력 연간이며 그는 삼당시인 세 사람보다 바로 앞선 사람이었다. 허균은 그를 두고 비록 모방한 단계가 만족할 만하지 못했어도 그 고무(鼓舞)에 힘입어 최경창과 백광훈이 나올 수 있었다고 말한다. 그들 대부분이 호남 출신임은 결코 우연이 아니다.

백광훈은 중종 32년(1537) 전라도 장흥에서 출생하였다. 자를 창경(彰卿), 호를 옥봉(玉峯)이라 했는데, 『관서별곡(關西別曲)』을 지은 백광홍(白光弘)은 그의 형이다. 어려서 이후백(李後白)에게서 배웠고 22세 때는 마침 진도에 귀양와 있던 노수신(盧守愼)을 스승으로 모실 수 있었다. 나중 서른 여섯에 백의제술관(白衣製述官)이 되어 문명을 떨친 인연이 실로 이때 엮어졌다. 28세에 진사시(進士試) 합격이 되지만 그 이후 과거에는 나가지 않고 은거한다. 가난한 살림을 못 이겨 처가가 있는 영암군 옥봉면으로 이사를 하기도 했던 그가 양반으로서 유력한 경제력 창출수단이 될 과거시험을 포기한 이유를 우리는 자세히 알지 못한다. 40세가 되어서야 겨우 선릉참봉(宣陵參奉)이라는 말직에 나아가는데, 지방수령들에게 근근히 기대야 하는 궁핍한 생활을 벗어나 보려 했던 것 같다. 참봉 자리를 전전하기 불과 5년, 옥봉은 서울에서 눈을

감았다.

옥봉은 지방의 미미한 양반 집안에서 태어났다. 일찌감치 과거를 포기했기 때문에 높은 벼슬에 오를 수 없었고, 물려받은 땅이 많아 호의호식할 처지도 아니었다. 이미 열 살 안팎에 주변 사람들로부터 문재를 인정받았던 그가 그 길로 입신출세할 생각을 포기한 까닭은 무엇이었을까. 연구자에 따라서는 이것을 당쟁이 심화되는 정치적 갈등, 기호 영남 출신들이 장악한 중앙관료사회를 뚫고 들어갈 수 없는 미미한 호남 출신인 때문이라고 단정짓고 있다. 그러나 여기에는 좀더 생각할 여지가 있다. 미미한 집안이라면 집안을 일으키기 위해서라도 문재를 살려 과거시험을 치러야 했을 것이고, 높은 벼슬에 오르지 못한다 할지라도 어느 정도의 위치는 차지할 수 있었다. 이것은 그의 형 백광홍이 보여준 삶이다. 그러나 옥봉은 달랐다. 여기서 우리는 옥봉이 당풍의 세례를 받은 시인임을 상기할 필요가 있다. 호남의 문학적 분위기가 이때부터 이미 달랐다고 했거니와 흥취(興趣)를 위주로 하는 당시(唐詩)는 옥봉과 같은 호남의 시인을 촉발시키기에 충분했다. 그러나 이런 시는 과거시험을 치러야 하는 사람에게는 좋은 것이 아니었다. 그야말로 성당(盛唐)의 이백(李白)이나 두보(杜甫)처럼 전문적인 시인으로 나가기로 하지 않을 바에는 쓸모없는 것일 수도 있다. 옥봉은, 우리 전통사회에서는 보기 힘든, 전문시인의 길에 접어들기로 결심한 것은 아니었을까.

옥봉은 그의 순수한 감성세계를 깔끔히 그려냈다. 이는 당풍의 시체(詩體)에 가까운 것이면서 그 자신 내면세계에 충실한 것이었다. 인간의 역사와 개인의 삶이 어떤 모습으로 그의 심성을 울렸는지 알 수 있다. 그의 문집 『옥봉집(玉峯集)』 첫머리에 실린 「홍경사를 지나면서(弘慶寺)」를 보자.

> 옛 나라의 절 뜨락에는 가을 풀만 깔리고,
> 남아 있는 빗돌에는 학사의 글이 씌여 있네.
> 천 년의 세월이 물과 같이 흘러갔는데,
> 지는 햇살 속으로 돌아가는 구름이 보이는구나.

충청도 직산의 홍경사는 고려 현종 때 지어졌다. 왕이 이르기를, 이곳은 교통의 요충지이고 들이 넓어 강도가 자주 출몰하므로 절을 세우라 했다. 인심이 흉흉해짐을 경계한 조처라 할 수 있다. 이에 사액을 내리니 절 이름이 봉선홍경사(奉先弘慶寺)였다. 그뿐만 아니라 여관을 지어 지나는 길손들의 휴식처로 삼았는데, 이를 광연통화원(廣緣通化院)이라 하였고, 드디어 한림학사 최충(崔冲)이 이 아름다운 뜻을 적어 비석을 세우게 된다. 그러나 조선조에 들어와 절은 없어지고 원과 비석만 남아 사람들은 이곳을 홍경원이라 불렀다.

시인 옥봉은 바로 이 여관에 들렀다. 전해 오는 이야기를 듣고, 가을 풀이 깊어가는 뜨락의 비석을 보며 인간사의 무상함을 가슴 깊이 새겼으리라. 그리고 그에 앞서 이첨(李詹)이 이곳을 지나다 읊은 "停慘弘慶寺 再讀古碑文… 峴山將落日 秦嶺政浮雲"

이라는 시구를 생각해냈을 것이다. 옥봉은 이첨이 그의 시에 동원한 소재를 비슷하게 끌어다 썼지만 한결 정갈하게 시적 형상화를 이뤄내고 있다. '홍경사'를 '전조사'라 한 것은 바로 드러내지 않는 멋이 있고, 앞 두 줄을 모두 동사 없이 처리하여 상념에 자꾸만 끊기는 마음 상태를 적절히 표현해내고 있다. 다음 두 줄의 대비는 더욱 절묘하다. 흐르는 물을 천 년의 유구한 세월로 비의하여 인간사의 허망함을 구체화시키고, 그런 가운데 시인의 입장이 마지막 줄의 '귀(歸)' 자에 집약된다. 저물 무렵 유유히 움직이는 구름을 보며, 임금의 덕치(德治)도 훌륭했고 대학자의 글도 빛나지만, 인간은 한 세상을 마치면 누리던 모든 것을 놓아두고 누구나 구름처럼 저렇게 돌아가야 함을 깨닫는 것이다. 그것은 쓸쓸함을 넘어선 겸허함이다. 그렇게 보면 이 시는 불교의 선적 경지에 들어 있음을 알게 된다. 전반적으로 쓸쓸해 보이는 시적 분위기 속에는 이렇듯 알찬 깨달음이 잠재해 있다.

그러나 옥봉의 시가 쓸쓸한 분위기로 일관해 있지 않음을 다음의 시가 잘 보여 준다.

> 어젯밤 산 속에 비가 내려
> 앞 시냇물이 참으로 불었네.
> 대숲 초당에서 그윽한 꿈을 깨보니
> 봄빛이 사립문에 가득해라.

「시냇가 서재에 비가 내린 뒤(溪堂雨後)」라 제목한 오언절구이

다. 그 배경이 봄이고 봄비가 내린 아침이니 벌써 그 분위기가 어떻게 달라지리라는 사실을 짐작할 수 잇다. 궁핍한 생활 속에서도 계절의 신선한 변화가 사람의 마음을 얼마나 풍요롭게 만드는지 우리는 이 시를 보며 알게 된다. 봄비로 시냇물을 찰찰 넘치고 아름다운 꿈에서 깨어 보니 온 땅에 봄기운이 가득하다는 풍경묘사가 흥취를 더하지만, 더불어 사람의 생애가 부질없는 것만이 아님을 은근히 그리고 있다. 옥봉의 시에서, 이것은 자주 보이는 감상은 아니지만, 굳이 이런 배경이 아니더라도 삶의 넉넉함과 그윽한 깨달음의 경지는 아쉽지 않게 보인다. 「벗에게(贈友)」라는 시는 거기서도 대표적이다.

가을날 그대가 서해 바닷가에서
나를 찾아 남산으로 저녁에 왔네.
함께 취하자 아무런 말도 없이
빈 뜨락에는 나뭇잎 지는 소리만 들리네.

시의 배경은 가을이며 저녁 무렵이다. 그러면서도 앞의 「홍경사를 지나면서」와 다른 흥취가 이 시에는 있다. 궁벽한 곳에 묻혀 사는 시인을 찾아온 친구와 함께 취하니 그들에겐 무언의 대화가 소중하다. 사람의 말이란 단지 그 표면만 건드릴 뿐이라는 선가(禪家)의 화두를 덧붙이지 않더라도 빈 뜨락의 낙엽 지는 소리가 모든 것을 대변한다는 이 시는 여유롭기까지 하다. 옥봉은 이같은 그윽한 흥취의 경지를 시 속에 육화시켜 놓고 있다. 흔히 그의 시에서 쓸쓸한 정감만 읽어내는 사람은 주의할 일이다. 「죽애 서군수에게(寄竹崖徐君受)」라는 시에서도 그의 넉넉한 감정은 "江花未落野鸎亂 山日初沈溪月輝(강꽃이 지지 않은 들판엔 꾀꼬리소리만 어지럽고 산 속에 해가 지자 시냇가엔 달이 비추네.)"라는 구절에서 잘 드러난다. 현실의 각박함 속에서도 유유히 헤쳐나가는 풍요로운 정신세계가 그에게는 있다.

옥봉의 장편고시 몇 편은 그를 문학사적으로 주목하게 만든다. 이미 조동일 교수가 그의 문학사에서 수용하였는바, 「용강에서 남편을 기다리며(龍江詞)」와 같은 작품은 '시가 얼마나 새로와졌는가'를 알게 해준다. 이 시의 화자는 서울 가서 돌아오지 않는 님을 기다리는 여인이다. 그리움의 정서를 추상화시키지 않고 구체적 인물을 내세워 객관화했다는 점이 이 시가 가진 새로움이다. 예컨대 다음과 같은 대목이다.

> 떠나실 때 뱃속에 있던 아기는
> 이제 말도 하고 죽마도 타고 놀지요.
> 곧잘 아이들을 따라서 아빠를 불러 본답니다.
> 네 아빠가 만 리 밖에서 네 소리를 들으실까.

님과 이별할 당시 여자는 만삭의 몸이었다. 돌아오지 않는 남편은 소식조차 돈절한데 어느덧 아이는 태어나 말을 하고 말타기 놀이를 하며 동네를 휘젓고 다닐 만큼 성장해 있다. 오랫동안 남편과 떨어져 있음을 이렇게 표현한 것도 이채롭거니와 이런 표현이 여자의 서러운 심경을 구체화시킨다고 할 수 있다. 더욱이 철없는 아이는 아버지의 존재도 아득한 채 동네 아이들이 제 아버지를 아버지라 부르는 것을 따라하며 마냥 즐거울 뿐인데, 여자는 그런 모습을 보며 서러운 마음 더 깊어지고 만 리 타향 밖에 있는 네 아버지가 그 소리나 듣겠느냐며 사뭇 비장 또는 원망의 투로 바뀌어 가는 묘사가 절묘하다. 옥봉이 민간의 삶을 소재로 그 궁핍함을 꾸밈없이 표현해 나가는 모습은 두보시의 그것과 상당한 유사점을 가지고 있다. 당풍의 시가 흥취를 위주로 하면서 민간의 감정을 소홀히 하지 않은 특색이 있어서 옥봉 또한 이를 계승했다 할 수 있겠지만 그 자신 시인으로서 충실한 삶이 이런 소재의 형상화를 가능케 했다고 봄이 옳겠다. 여기서 나아가 여자의 입을 통해 세상에서의 영달보다도 인간답게 살아가는 것이 중요하다고 해 그 자신의 삶에 견주어 메세지를 남기고 있다.

삶에 대한 투철한 인식, 이것은 시인이 갖추어야 할 역사의식과도 통한다 하겠는데, 「달량성(達梁城)」과 같은 작품은 특별한 주의를 요한다. 을묘왜변의 격전지 영암군 달량을 찾아가 쓴 이 시는 관군의 용맹을 과시하려는 다른 이들의 작품과는 달리 왜적의 총칼에 유린당한 백성들의 처참한 광경을 그리고 있다. 그래서 힘없는 백성들에 대한 연민과 백성들의 삶을 책임져 주지 못하는 지배자에 대한 분노가 이 시의 전반적인 분위기이다. 관료사회에 빌붙지 않고 시인으로서의 자기 삶을 굳굳이 헤쳐간 그이기에 가능했던 관점이다.

사십을 넘어 호구책으로 능참봉직을 전전했지만, 옥봉은 끝내 시인의 자부심을 지킨 사람이다. 『옥봉집』을 통해 거둬들인 450여 편의 시가 그를 웅변한다. 스스로 벼슬자리를 달갑게 여기지 않았지만 자식들에게도 벼슬보다 인간답게 살 도리를 훈계한다. 43세, 그가 말년에 두 아들에게 보낸 편지에는 이런 대목이 있다.

> "듣기에 너희들이 자못 다른 사람들의 행실을 깔보고 남의 허물을 말하기 좋아한다 하니, 사람의 배우는 것이 다만 이런 병통을 없애려는 것일진대 지금 너희가 이처럼 행동한다면 비록 책 만 권을 배워 글이 양웅(揚雄)이나 사마천(司馬遷)과 비슷하고 과거에 급제한다한들 그 사람이 무엇에 쓸모 있겠느냐? 이후로 너희가 이런 버릇을 애써 버리지 않는다면 나는 맹세코 너희들을 다시 보지 않겠노라."

참으로 추상 같은 엄명이다. 그의 아들들 또한 재주가 있어 사람들의 주목을 받던 터였다. 그렇기에 잠시 우쭐한 마음에 어긋진 행동을 했던 모양이다. 그런 그들의 행동을 옥봉은 가만 두지 않았다. 인간의 도리를 벗어난 다음이라면 문장도 벼슬도 도리어 욕된 것임을 그는 삶 속에서 깨닫고 가르쳤던 것이다. 이것을 시인의 자부심에서 형성된 태도라고 보는 것도 무리는 아니다.

옥봉이 44세 되던 해, 허균의 집안에서 옥봉의 아들 진남(振南)을 탐내 사위 삼으려 했다. 여러 차례 옥봉의 집에 사람을 보냈으나 그는 끝내 허여치 않았다. 평소 옥봉을 아끼던 율곡(栗谷)이

까닭을 물었다.

"좋은 자리인데 왜 혼인을 이루려 하지 않소?"

옥봉이 대답했다.

"혼인을 어찌 벌열의 집안만을 탐내 하겠습니까."

율곡이 그 말을 듣고 크게 칭찬했다고 하는데, 두 해 뒤 옥봉이 일찍 세상을 뜨자 누구보다 크게 탄식해 마지않았다는 이야기가 전한다.

"嘗盡人間味 歸田策最良(세상살이 맛을 다 맛보니 전원으로 돌아가는 게 가장 상책일세.)"이라 읊었던 옥봉. 그가 서울 하늘 아래에서 외로이 눈을 감은 것은 인간의 맛을 다하지 못해서인가, 돌아갈 전원이 없어서인가. 그는 가고 그의 시만 남아 대대로 불려질 뿐이다.

『옥봉집』 서문[1)]

| 이정구(李廷龜)

사람의 소리 가운데 정교한 것이 말이 되고, 말 가운데 정교한 것이 시가 되는데, 시는 반드시 그 추향(趨向)이 바르고 번잡한 소리가 섞이지 않아야 정교한 소리가 되어 작자(作者)의 경지에 들어설 수 있다. 시도(詩道)가 여러 차례 변하여 교한(郊寒) · 도수(島瘦)[2)]와 같이 각자의 체격(體格)을 가지게 되었다. 그리하여 기이함을 좋아하는 이들은 너무 괴벽(怪僻)한 흠이 있고 섬부(贍富)함에 힘쓰는 이들은 잡박(雜駁)한 쪽으로 빠지게 되었으니, 문로(門路)가 한번 어긋나자 격력(格力)이 날로 비루해져 시의 정성(正聲)이 거의 사라지게 되었다.

우리 국조(國朝)에 와서는 문장이 융성하여 대가(大家)와 이름난 문집이 찬연히 배출되었다. 근세에 백옥봉(白玉峯)이라는 이가 있었으니, 시로써 호남에서 명성을 떨쳐 호중의 인사들이 아무도 감히 넘보지 못하였다. 일찍부터 과거를 포기하고 명산대천에 유람하기를 좋아하였으며, 이미 그 자신이 세상과 맞지 않아 무

1) 현재 전하는 목판본 『옥봉집』 앞부분에 서문이 3편 실려 있는데, 대제학 류근(柳根), 이정구(李廷龜), 신흠(申欽)이 지었다. 이 가운데 월사(月沙) 이정구(李廷龜)가 지은 서문만 번역하여 소개한다.

2) 교한(郊寒) · 도수(島瘦) : 소식(蘇軾)이 당나라 시인들의 시풍(詩風)을 평론하여 "원진(元稹)은 가볍고, 백거이(白居易)는 속되며, 맹교(孟郊)는 빈한하고, 가도(賈島)는 파리하다.[元輕白俗 郊寒島瘦]" 하였다.

료하고 불평한 심정을 반드시 시로 발산하였다.

일찍이 포의(布衣)의 선비로서 제술관(製述官)에 뽑혀 역마를 타고 대궐로 불려 갔으며, 중국 사신을 빈접(儐接)하는 대열에 끼어서 제공(諸公)들 사이에 명성을 떨쳤다. 이에 자신의 직위와 배항(輩行)을 낮추고 공을 사귀기를 원하여 집으로 찾아와 면식(面識)을 갖고자 하는 고관대작(高官大爵)들로 거의 손님이 들끓지 않은 날이 없었다.

공은 절구(絶句)에 특히 뛰어나, 성당(盛唐)의 풍격(風格)을 깊이 얻었다. 그래서 시를 미처 탈고(脫稿)하기도 전에 사람들이 서로 구전(口傳)하여 먼저 외우곤 하였다. 게다가 뛰어난 글씨로 독보적인 명성을 얻어 사람들이 모두 "장길(長吉)[3]이 다시 나오고 일소(逸少)[4]가 다시 태어났다." 하였다.

오래지 않아 공이 죽자 그 시가 더욱 귀중해져서, 편언척자(片言隻字)가 모두 인구(人口)에 회자되었다. 나는 늘 사람들 사이에 유전(流傳)하는 작품만 얻어들었으나 읽어 보고는 탄복하여 전고(全稿)를 보지 못한 것이 한스러웠다.

지난해 선왕(先王)께서 사신(詞臣)에게 동국(東國)의 시문(詩文)을 선집(選集)하라고 명하였다. 그래서 내가 찬집청(撰集廳)에서 소위 『옥봉집(玉峯集)』이라는 것을 보니, 구법(句法)이 정교하고 숙련되었으며 음조(音調)가 낭랑하여 율도(律度)에 맞았다. 그리하여 그 작품들이 금석(金石)으로 만든 악기처럼 맑은 소리를 울렸으니[5],

---

3) 장길(長吉) : 당나라 때의 천재 시인 이하(李賀)의 자(字)이다.

4) 일소(逸少) : 진(晉)나라 때의 명필 왕희지(王羲之)의 자이다.

5) 금석(金石)으로…… 울렸으니 : 진(晉)나라 손작(孫綽)이 〈천태산부(天台山賦)〉를 짓고 벗 범영기(范榮期)에게 "이 글을 땅에 던져 보았더니 금석의 악기 소리가 나더라." 하였는데, 범영기가 읽어 보고는 과연 칭찬이 입에서 끊이지 않았다 한다. 『진서(晉書)』 권56 〈손초열전(孫楚列傳) 손작(孫綽)〉. 척지금성(擲地金聲)은 훌륭한 시문을 뜻한다.

참으로 이른바 추향(趨向)이 바르고 정교한 소리를 얻은 것이라 하겠다. 하늘이 나이를 많이 주지 않아 당시에 크게 재능을 떨치지 못한 것이 유독 한스러울 뿐이다. 병화(兵火)를 거친 뒤 이리저리 흩어져 있는 주옥 같은 시편이 열에 한둘밖에 남아 있지 않으니, 이로부터 또 시대가 멀어져 세상에 전해지지 못하게 될까 걱정스럽다.

무신년(1608) 봄, 윤장 계초(尹丈季初, 윤안성)가 호남의 관찰사로 부임하면서 나에게 인사차 들러 말하기를, "서적을 간행하려면 어느 문집을 먼저 해야겠습니까?" 하기에 내가 맨 먼저 이 책을 간행하라고 청하였다. 그러고 나서 얼마 지나지 않아 계초장(季初丈)이 서찰을 보내어 간행하는 일을 마쳤다 하고 나에게 서문을 요구하였으며, 공의 윤자(胤子)인 상사(上舍) 진남씨(振南氏)가 또 이어 찾아와서 간곡히 청하였다. 나는 이미 공의 풍모를 흠모하고 또 상사가 문장과 필법으로 그 가업을 잘 잇는 것이 가상하여, 이 글을 써서 전말을 서술한다.

작가 연보

※ 『옥봉별집(玉峰別集)』「부록」에 이희조가 엮은 「연보」가 실려 있는데, 너무 자세하고도 길다. 이 책에서는 몇 가지만 뽑아서 옮겼다.

- 1537년(중종 32년) : 10월 22일 해시(亥時)에 공이 장흥 기산리에서 태어났다.
- 1543년 7세 : 글을 지을 줄 알았다.
- 1545년(인종 원년) 9세 : 공의 형인 평사공(評事公) 백광홍도 또한 문장으로 이름났다. 일찍이 시책(試策)으로 장원하였는데, 어떤 사람이 그 시권을 가지고 오자 공이 그 글을 받아 읽었다. 그런데 그 글이 잘되고 못된 것을 가리키는 솜씨가 매우 능숙하였다. 그래서 그 시권을 가지고 온 사람이 일어나서 공에게 절하며, "문장형에게 다시 문장아우가 있구나" 하였다. 정월에 모친상을 당하였는데, 마치 어른처럼 슬퍼하며 몸을 훼상하였다.
- 1547년(명종 2년) 11세 : 과거의 초장(初場)과 종장(終場) 놀이를 하는데, 어른이 춘(春)자를 불러 주면서 공에게 고시(古詩)를 지어 종장에 응하게 하였다. …… 공이 즉시 그 전편을 외워 고하였다.

저녁노을이 강 위에 깔렸는데
가랑비 속에 강을 건너는 사람이 있네.
아무런 소리도 들려오지 않고
강꽃은 나무마다 봄일세.
夕陽江上筵, 細雨渡江人.
餘響杳無處, 江花樹樹春.

당시(唐詩)의 체격이 완연해서, 사람들이 모두 그럴듯하게 생각하였다. 공이 그 물음에 응해서 곧바로 대답하고 갑자기 시를 지었으므로, 자리에 있던 사람들이 모두 깜짝 놀라며 감탄하였다. 고장 사람들이 지금도 이 이야기를 전하며, 미담이라고 여긴다.

- 1549년 13세 : 풍악산으로 돌아가는 정안(靜安) 스님에게 고시(古詩)를 지어 주었는데, 석천(石川) 임억령(林億齡)이 칭찬하기를, “적선(謫仙: 李白)이 다시 태어났구나” 하였다. 이 해에 진사초시에 참예하였다.(그 시권이 지금까지 집에 간직되어 있다.)
- 1550년 14세 : 청련(青蓮) 이공(李公: 李後白)이 포의(布衣)로 금릉박산에서 글을 가르친다는 소식을 듣고, 그에게 나아가 배웠다. 이공은 늘 그를 “세상에 뛰어나게 기이한 보배[絕世奇寶]”라고 칭찬하였다. 공과 같은 때에 고죽 최경창, 윤기(尹箕), 임회(林薈), 남계(南溪) 김윤(金胤) 같은 젊은이들이 있었는데, 간절히 권면하며 가르침을 받았다.
- 1553년 17세 : 형님 평사공을 따라 서울에 들어갔다. 그때 송천(松川) 양응정(梁應鼎)이 예문관 검열로 집에 있었는데, 그에게 글을 배웠다.
- 1556년 20세 : 하동 정씨를 아내로 맞아들였다.(현감 강옥의 딸인

데, 몇 년 몇 월에 장가들었는지 자세치 않다. 그래서 임시로 이 해에다 덧붙인다. 원주)

- 1558년 22세 : 2월에 아내 정씨의 상을 당하였다. 이때 소재 노수신이 진도로 귀양와 살았으므로, 공이 또한 그에게 찾아가 글을 배웠다. 소재가 공에게 지어준 시에서

  정신적으로 사귀면서 오래 이름을 들어왔지.
  의기가 투합하여 나이도 잊어버리겠네.
  神交久名聞,　　義合可年忘.

  라고 하였고, 또

  나는 늙고 시들어 두려워할 게 못되니
  그대 힘써 글을 읽어 뒤쳐지지 마시게나.
  吾衰不足畏,　　子邁莫須遲.

  라고 하였다.(이 두 편의 시는 모두 『소재집』 가운데 실려 있다. 원주)
- 1560년 24세　하동 정씨에게 다시 장가들었다.(부위 응서의 딸인데, 이것도 또한 몇 년 몇 월인지 자세치 않다. 원주)
  이 해에 영암군 옥천면 원경산 옥봉 아래에 자리를 잡아 집을 지었다. 시냇물과 골짜기의 경치가 매우 아름다워, 서재를 두 곳에 지었다. 하나는 만취당(晩翠堂)이라 하고, 다른 하나는 옥산서실(玉山書室)이라 이름하였다.
- 1562년 26세　아들 형남(亨南)을 낳았다.
- 1564년 28세 : 진사에 합격하였다. 이 해에 드디어 과거공부를 그만두었다. 아들 진남(振南)을 낳았다.

- 1566년 30세 : 『하서선생집(河西先生集)』을 엮었다.
- 1570년 34세 : 아들 흥남(興南)을 낳았다.
- 1572년 36세 : 중국 사신 한세능(韓世能)과 진삼모(陳三謨)가 왔는데, 소재 노수신이 접빈사가 되었다. 소재가 공을 백의(白衣) 제술관(製述官)으로 임명해 달라고 조정에 청하였다. 공이 부름을 받고 접빈사를 따라 의주에 이르렀다. 사신 이하 모든 중국 사람들 가운데 공을 칭찬하지 않는 사람이 없었다.
- 1573년 37세 : 5월에 부친상을 당하였는데, 슬픔을 다하면서도 예를 삼가 지켰다. 초상부터 탈상에 이르기까지, 조금도 해이해지지 않았다.
- 1576년 40세 : 여러 차례 추천되어 벼슬을 받았지만, 나아가지 않았다.
- 1577년 41세 : 2월 선능(宣陵) 참봉에 제수되어, 처음으로 벼슬에 나아갔다. 4월에 완산 영전(影殿) 참봉으로 옮겼다.
- 1578년 42세 : 봄에 서울 가는 길에 남원에 들렀다. 백호 임제, 손곡 이달, 송암 양대박 등과 만나 즐기다가, 함께 광한루에 올라 시를 주고받았다. 4월에 정릉(靖陵) 참봉으로 옮겼다.
- 1580년 44세 : 4월에 예빈시(禮賓寺) 참봉 겸 주자도감(鑄字都監) 감조관(監造官)이 되었다. 이때에 허균의 누이가 사위를 고르는데 공의 아들 진남이 일찍부터 이름나는 것을 보고, 균의 여러 형들이 여러 차례 공이 머무는 집에 찾아와서 혼인하기를 청하였다. 그러나 공은 끝내 혼인을 허락하지 않았다. 율곡선생이 그 까닭을 묻자 공이 대답하기를 "혼인하는 집에서 어찌 그 집안이 번성한 것만을 탐내어 하겠습니까?"라고 하였다. 율곡이 크게 감탄하면서 칭찬하였다.
- 1581년 45세 : 2월에 아들 진남을 해남 윤씨에게 장가보내

었다.

- 1582년 46세 : 5월 14일 서울에서 병으로 죽었다. 9월 영암군 남면 해림산 자좌(子坐) 오향(午向) 언덕에 장사지냈다.
- 1608년 : 봄에 시집이 간행되었다.(윤안성이 본도의 방백이었을 때에 간행하였다. 원주)
- 1723년 : 4월에 전라도의 많은 선비들이 공과 최고죽은 이청련(이후백)에게 글을 배운 사이라고 하여 청련의 강진서원에 배향하였다.

原詩題目 찾아보기

옮긴이 **허경진** 은 연세대학교 국어국문학과를 졸업하고,
동 대학원에서 문학박사 학위를 받았다. 목원대학교 국어교육과 교수와
열상고전연구회 회장을 거쳐, 연세대학교 국문과 교수를 역임했다.
『한국의 한시』 총서 외 주요저서로는 『조선위항문학사』, 『허균 평전』,
『허균 시 연구』, 『대전지역 누정문학연구』, 『한국의 읍성』 등이 있고,
옮긴 책으로는 『연암 박지원 소설집』, 『매천야록』,
『서유견문』, 『삼국유사』, 『택리지』, 『한국역대한시시화』,
『허균의 시화』 등 다수가 있다.

韓國의 漢詩 07

玉峯 白光勳 詩選

초 판 1쇄 인쇄 1992년 5월 1일
초 판 1쇄 발행 1992년 5월 8일
개정증보판 1쇄 발행 2020년 11월 30일

옮 긴 이 허경진
펴 낸 이 이정옥
펴 낸 곳 평민사

주 소 서울시 은평구 수색로 340 [202호]
전 화 375-8571(대표) / 팩스 · 375-8573
http://blog.naver.com/pyung1976
e-mail: pyung1976@naver.com

ISBN 978-89-7115-769-5 04810
ISBN 978-89-7115-476-2 (set)

등록번호 제25100-2015-000102호

값 13,000원

한국의 한시

한시는 단순한 한 편의 작품으로서의 시가 아니다. 그 시에는 그 시를 지은 사람의 학문관, 정치관 등을 포함한 모든 것이 담겨 있다. 그러므로 우리가 한시를 읽는다는 것은 우리 선조들의 정신을 그대로 들여다보는 것과 같다. 그리고 거기에 담긴 시정신은 현재 우리 정신문화의 원형이라고 할 것이다. 우리 한시문학사를 대표하는 시인들을 엄선하여 한글 세대에게 널리 읽혀지고 이해되도록 정확하고 쉽게 번역하여 총서로 펴내고 있다. _허경진 교수 옮김

1 고운 최치원 시집 (孤雲 崔致遠)
2 백운 이규보 시선 (白雲 李奎報)
3 익재 이제현 시선 (益齋 李齊賢)
4 매월당 김시습 시선 (梅月堂 金時習)
5 박은 · 이행 시선 (朴誾 · 李荇)
6 퇴계 이황 시선 (退溪 李滉)
7 옥봉 백광훈 시선 (玉峯 白光勳)
8 고죽 최경창 시선 (孤竹 崔慶昌)
9 손곡 이달 시선 (蓀谷 李達)
10 허난설헌 시선 (許蘭雪軒)
11 석주 권필 시선 (石洲 權韠)
12 교산 허균 시선 (蛟山 許筠)
13 유하 홍세태 시선 (柳下 洪世泰)
14 매창 시선 (梅窓)
15 석북 신광수 시선 (石北 申光洙)
16 청장관 이덕무 시선 (青莊館 李德懋)
17 다산 정약용 시선 (茶山 丁若鏞)
18 자하 신위 시선 (紫霞 申緯)
19 매천 황현 시선 (梅泉 黃玹)
20 평민 한시선 (平民 漢詩選)
21 사가 서거정 시선 (四佳 徐居正)
22 점필재 김종직 시선 (佔畢齋 金宗直)
23 눌재 박상 시선 (訥齋 朴祥)
24 사암 박순 시선 (思菴 朴淳)
25 송강 정철 시선 (松江 鄭澈)
26 율곡 이이 시선 (栗谷 李珥)
27 옥봉 · 죽서 시선 (玉峯 · 竹西)
28 백호 임제 시선 (白湖 林悌)
29 고산 윤선도 시선 (高山 尹善道)
30 정래교 · 정민교 시선 (鄭來僑 · 鄭敏僑)
31 추재 조수삼 시선 (秋齋 趙秀三)
32 문무자 이옥 시선 (文無子 李鈺)
33 담정 김려 시선 (潭庭 金鑢)
34 낙하생 이학규 시선 (洛下生 李學逵)
35 산운 이양연 시선 (山雲 李亮淵)
36 김립(삿갓) 시선 (金笠 詩選)
37 운초 김부용 시선 (雲楚 金芙蓉)
38 고려시대 승려 한시선 (高麗時代 僧侶 漢詩選)
39 여류 한시선 (女流 漢詩選)
40 조선시대 승려 한시선 (朝鮮時代 僧侶 漢詩選)
41 목은 이색 시선 (牧隱 李穡)
42 운곡 원천석 시선 (耘谷 元天錫)
43 포은 정몽주 시선 (圃隱 鄭夢周)
46 양촌 권근 시선 (陽村 權近)
48 남명 조식 시선 (南冥 曺植)
49 하서 김인후 시선 (河西 金麟厚)
50 고봉 기대승 시선 (高峰 奇大升)
85 삼의당 김씨 시선 (三宜堂 金氏)
90 최송설당 · 오효원 시선 (崔松雪堂 · 吳孝媛)
96 환구음초 (環璆唫艸)

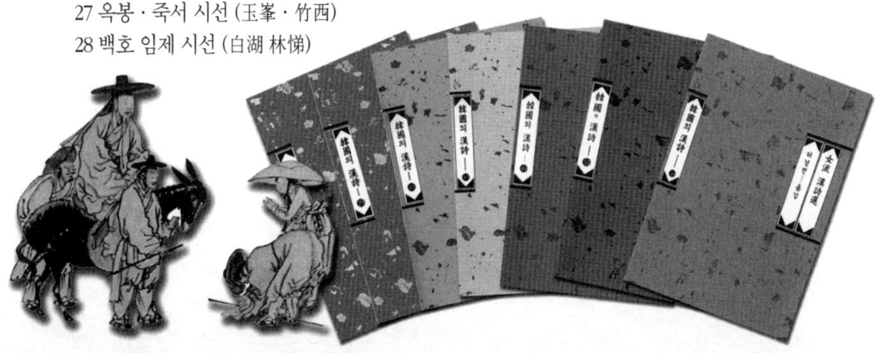